MARCHA CRIANÇA

3º ANO
ENSINO FUNDAMENTAL

ENSINO RELIGIOSO

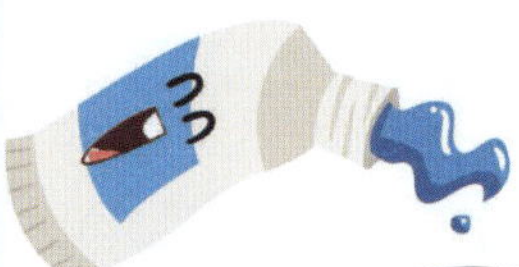

Dagmar de Assis Ramos

Professora e pesquisadora do Ensino Fundamental e Médio.

Bacharela em Direito com licenciatura plena em História.

Pós-graduada em História do Brasil pela Universidade Candido Mendes (Ucam-RJ).

Pós-graduada em Teologia pela Pontifícia Universidade Católica do Rio de Janeiro (PUC-RJ).

Decimar de Assis Henrique

Professora e pesquisadora das áreas de Educação e de Ensino Religioso, credenciada pelo curso superior de Teologia da Arquidiocese de Brasília.

Professora do Ensino Fundamental da rede pública do município do Rio de Janeiro.

editora scipione

editora scipione

Presidência: Mario Ghio Júnior
Direção editorial: Lidiane Vivaldini Olo
Gerência editorial: Viviane Carpegiani
Gestão de área: Tatiany Renó
Edição: Mariangela Secco (coord.), André Fonseca (editor)
Planejamento e controle de produção: Flávio Matuguma, Juliana Batista, Felipe Nogueira e Juliana Gonçalves
Revisão: Kátia Scaff Marques (coord.), Brenda T. M. Morais, Claudia Virgilio, Daniela Lima, Malvina Tomáz e Ricardo Miyake
Arte: André Gomes Vitale (ger.), Catherine Saori Ishihara (coord.), Lourenzo Acunzo (edição de arte)
Diagramação: Arte4 Produção editorial
Iconografia e tratamento de imagem: André Gomes Vitale (ger.), Claudia Bertolazzi e Denise Kremer (coord.), Fernanda Gomes (pesquisa iconográfica) e Fernanda Crevin (tratamento de imagens)
Licenciamento de conteúdos de terceiros: Roberta Bento (gerente); Jenis Oh (coord.); Liliane Rodrigues; Flávia Zambon e Raísa Maris Reina (analistas de licenciamento)
Ilustrações: Fernanda Monteiro (Aberturas de unidade), Claudia Marianno, Simone Ziasch, Ilustra Cartoon (Miolo)
Design: Erik Taketa (coord.) e Aurélio Camilo (proj. gráfico e capa)
Foto de capa: Estúdio Luminos

Avenida Paulista, 901, 6º andar – Bela Vista
São Paulo – SP – CEP 01310-200
http://www.somoseducacao.com.br

Dados Internacionais de Catalogação na Publicação (CIP)

Henrique, Decimar de Assis
Marcha Criança : Ensino religioso : 1° ao 5° ano / Decimar de Assis Henrique, Dagmar de Assis Ramos. -- 3. ed. -- São Paulo : Scipione, 2020.
(Coleção Marcha Criança ; vol. 1 ao 5)

Bibliografia

1. Ensino religioso (Ensino fundamental) - Anos iniciais I. Título II. Ramos, Dagmar de Assis III. Série

20-1104 CDD 371.07

Angélica Ilacqua - Bibliotecária - CRB-8/7057

2025
Código da obra CL 745891
CAE 721182 (AL) / 721181 (PR)
OP: 283735 (AL)
ISBN 9788547403171 (AL)
ISBN 9788547403188 (PR)
3ª edição
10ª impressão
De acordo com a BNCC.

Impressão e acabamento: EGB Editora Gráfica Bernardi Ltda.

Uma publicação SOMOS EDUCAÇÃO

Com ilustrações de **Fernanda Monteiro**, seguem abaixo os créditos das fotos utilizadas nas aberturas de Unidade:

UNIDADE 1: samritk/Shutterstock (arbusto), mama_mia/Shutterstock (toalha), paulista/Shutterstock (sanduíche), Mrs_ya/Shutterstock (prédios), Vladyslav Starozhylov/Shutterstock (bicicletas), nontthepcool/Shutterstock (calçamento), Africa Studio/Shutterstock (cesta), Honcha/Shutterstock (xadrez).

UNIDADE 2: Amp/Shutterstock (velas azuis), New Africa/Shutterstock (vela azul), Renata Angerami/Shutterstock (Iemanjá), Federico Fermeglia/Shutterstock (arcos sinagoga), Africa Studio/Shutterstock (candelabros), PhilipYb Studio/Shutterstock (bíblia), Simon Tang/Shutterstock (chão terreiro), Eliyahu Yosef Parypa/Shutterstock (menorá), GOLFX/Shutterstock (estátua santa), Wolna/Shutterstock (flores), JeremyRichards/Shutterstock (chão igreja), spatuletail/Shutterstock (mesquita).

UNIDADE 3: a_v_d/Shutterstock (banco de praça), Martial Red/Shutterstock (sinalização para deficientes), Borja Andreu/Shutterstock (asfalto), Evannovostro/Shutterstock (cerca), LiliGraphie/Shutterstock (árvores).

UNIDADE 4: Unidade 4: PN1116/Shutterstock (gramado), Vladyslav Starozhylov/Shutterstock (bicicleta azul), Gena73/Shutterstock (bicicleta rosa), Saikorn/Shutterstock (faixa para deficientes visuais), Sanit Fuangnakhon/Shutterstock (cerejeira), Mrs_ya/Shutterstock (cidade).

APRESENTAÇÃO

Querido aluno,

Todos os dias você brinca, aprende e faz descobertas.

Você está crescendo!

Pensando nisso, desejamos que, por meio do Ensino Religioso, você construa sua vida por caminhos livres de preconceitos em busca de um mundo melhor.

Nós esperamos que, auxiliado por este material, você cresça em tamanho e sabedoria, e que a cada lição você pratique o amor ao próximo e à natureza.

Cada Unidade foi pensada para contribuir com o seu desenvolvimento dentro e fora da sala de aula.

Vamos juntos aprender que somos todos irmãos!

Um carinhoso abraço,

As autoras

Claudia Marianno/Arquivo da editora

CONHEÇA SEU LIVRO

Veja a seguir como seu livro está organizado.

UNIDADE

Seu livro está organizado em quatro Unidades. As aberturas são compostas dos seguintes boxes:

Entre nesta roda

Você e os colegas terão a oportunidade de conversar sobre a imagem apresentada e a respeito do que já sabem sobre o tema da Unidade.

Nesta Unidade vamos estudar...

Neste boxe, você vai encontrar uma lista dos conteúdos que serão estudados na Unidade.

Em cada um dos dezesseis itens numerados, você encontra diversos conteúdos e propostas de reflexão.

ATIVIDADES

Momento de verificar, por meio de atividades diversificadas, se os conteúdos foram compreendidos.

VOCÊ EM AÇÃO

Você encontrará esta seção em todas as disciplinas. Em **Ensino Religioso**, ela propõe atividades práticas que trabalham competências socioemocionais.

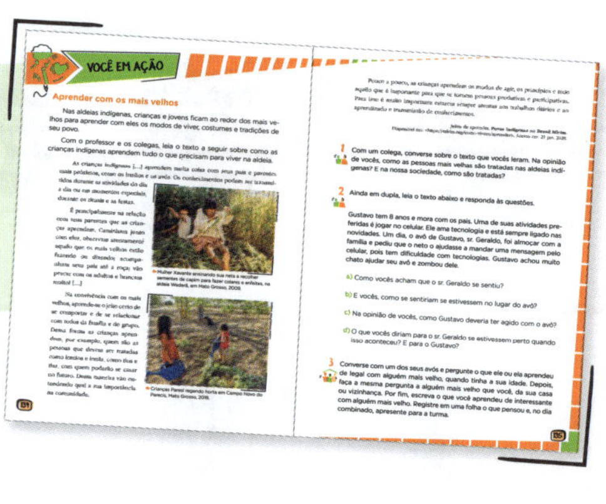

O TEMA É...

Comum a todas as disciplinas, esta seção traz uma seleção de temas para você refletir, discutir e aprender mais, ajudando-o a atuar no seu dia a dia com mais consciência!

SAIBA MAIS

Boxes com curiosidades, reforços e dicas sobre o conteúdo estudado.

AMPLIANDO O VOCABULÁRIO

Algumas palavras estão destacadas no texto e o significado delas aparece sempre na mesma página. Assim, você pode ampliar seu vocabulário.

QUEM É?

Boxe com informações sobre autores e artistas.

⪢ Material complementar ⪡

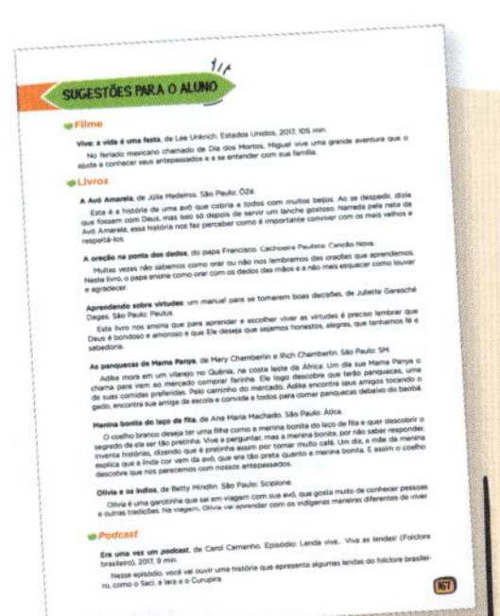

SUGESTÕES PARA O ALUNO

Seleção de livros, CDs, filmes e *sites* para complementar seus estudos e ampliar seus conhecimentos.

CADERNO DE CRIATIVIDADE E ALEGRIA

Material que explora os conteúdos de Ensino Religioso de forma divertida e criativa!

⪢ Quando você encontrar estes ícones, fique atento! ⪡

Em dupla | Em grupo | Com a família | No caderno | Oral

SUMÁRIO

Monkey Business Images/Shutterstock

Don Smetzer/Getty Images

Guitar photographer/Shutterstock

E+/Getty Images

UNIDADE 1

O SEGREDO DO BEM VIVER

Entre nesta roda

- Você considera que a vida é um presente do Criador? Por quê?
- O que você pensa sobre a morte?
- Você gosta de ajudar as pessoas? Por quê?

Nesta Unidade vamos estudar...

- A alegria de viver e ser criança
- Convivência
- Festas religiosas

Fernanda Monteiro/Arquivo da editora

1 O DOM DA VIDA

A vida é o maior dom conferido por Deus aos seres humanos.

Você já notou como a vida é maravilhosa? Já sentiu como é bom estar vivo para desfrutar de tudo o que existe ao seu redor? Os animais, as flores, os rios e mares... tudo isso é expressão de vida.

desfrutar: aproveitar.
expressão: maneira como se apresenta.

Monkey Business Images/Shutterstock

A alegria de viver está nas coisas simples, como brincar ao ar livre e estar com amigos.

Preservar o dom da vida implica ter uma atitude de paz em nossa família, em nossa escola e no mundo todo.

Somos responsáveis pela vida, que deve ser cuidada e protegida.

Há diversas pessoas que se empenham em favor da vida, como os profissionais da área da saúde, que zelam para que as pessoas se curem das doenças, e os ambientalistas, dedicados à preservação da natureza.

Todos dizem sim à vida!

Alamy/Fotoarena

Idoso passando em consulta médica, em 2017. Cuidar da saúde é uma maneira de valorizar a vida.

As religiões, como as cristãs, as africanas e as indígenas, acreditam que a origem da vida está em um Criador.

O papa Francisco, líder mundial da Igreja católica, afirma:

> **Se nos comportarmos como filhos de Deus, sentindo-nos amados por ele, a nossa vida será nova, cheia de serenidade e de alegria.**

Riccardo De Luca - Update/Shutterstock

Papa Francisco celebrando missa no Vaticano, em 2019.

O Dalai Lama é um monge budista considerado o chefe de Estado e líder espiritual do Tibete, um país localizado na Ásia. No budismo, não há um Deus criador. Acredita-se que as vidas surgem simultaneamente e são interdependentes de acordo com as condições da natureza e que a vida está em constante transformação. Sobre o sentido da vida, ele nos ensina que:

interdependente: uma ou mais coisas que dependem uma da outra para sobreviver.

> **Sucesso significa que uma pessoa tem uma vida com sentido, servindo os outros o máximo possível e, pelo menos, não prejudicando ninguém. Isso é uma vida com sentido, uma vida bem-sucedida.**

Mazur Travel/Shutterstock

Dalai Lama dando ensinamentos às pessoas que o visitam em Dharamsala, na Índia, 2017.

- Qual é sua opinião sobre o dom da vida? Converse com os colegas.

Atividades

1 Desembaralhe as sílabas dos quadrinhos e descubra palavras que indicam um jeito de viver bem. Escreva-as.

a	di	gar	lo

tar	pei	res

lhar	par	com	ti

do	per	ar

- Agora, forme uma frase usando pelo menos duas das palavras que você descobriu.

2 Ligue ao coração os sentimentos que nos fazem bem.

Alegria **Violência** **Tristeza** **Bondade**

Beleza **Caridade**

DwaFotografy/Shutterstock

Amor **Inveja**

Humildade **Paciência**

- Qual dos sentimentos acima você acha mais importante? Por quê? Conte aos colegas.

3 Marque com **X** as cenas que dão maior sentido a nossa vida.

Ilustrações: Claudia Marianno/Arquivo da editora

- De qual cena você não gostou? Por quê?

....

....

4 Leia a letra da canção abaixo.

Felicidade

Claudia Marianno/Arquivo da editora

Felicidade é viver na sua companhia
Felicidade é estar contigo todo dia
Felicidade é sentir o cheiro dessa flor
Felicidade é saber que eu tenho seu amor
[...]
Felicidade é num fim de semana
Curtir uma praia bacana
Um pôr do sol de arrasar

Felicidade, de Seu Jorge. Disponível em: <www.seujorge.com/pt_br/musica>. Acesso em: 30 out. 2019.

- Explique o que é felicidade para você.

....

....

....

5 No diagrama abaixo há palavras que, juntas, formam uma mensagem. Encontre-as e, depois, escreva a mensagem que você descobriu.

J	T	Q	U	E	M	X	T	Z	A	M	A
A	D	E	R	V	E	R	D	A	D	E	B
R	D	V	I	V	E	Z	U	P	Z	C	T
T	M	I	B	J	M	T	J	D	E	O	R
H	A	L	E	G	R	I	A	E	N	M	J

....

....

6 Em dupla, observem as cenas abaixo, leiam as frases, conversem e escrevam como vocês se sentiriam e agiriam em cada situação.

O juiz marca um pênalti injusto contra o seu time de futebol!

....

....

....

....

Ilustrações: Claudia Marianno/Arquivo da editora

Você descobre que seu amigo falou mal de você!

....

....

....

....

Você não ganhou o presente que tanto queria de aniversário!

....

....

....

....

7 Como algumas tradições religiosas explicam a origem da vida?

a) Formem seis grupos de trabalho.

Grupo 1 - Os cristãos

Grupo 2 - Os budistas

Grupo 3 - Os muçulmanos

Grupo 4 - Os espíritas

Grupo 5 - Os judeus

Grupo 6 - Um povo indígena do seu estado

b) Com auxílio do professor, cada um dos grupos deverá se organizar para realizar uma pesquisa na internet ou na biblioteca sobre como determinada tradição religiosa explica a origem da vida. **Dica:** ao usar a internet, lembrem-se de buscar as informações em *sites* confiáveis.

Sugestão de perguntas para orientar a pesquisa:

- Qual é a tradição religiosa?
- Como explica a origem da vida?

c) Coletem todos os dados e elaborem um cartaz. Aproveitem para ilustrar o cartaz de acordo com as informações obtidas.

d) Na data marcada pelo professor, os grupos deverão apresentar para o restante da classe o cartaz com o resultado de suas pesquisas.

e) Depois de todas as apresentações, montem um mural "Origem da vida" para afixar os cartazes.

Claudia Marianno/Arquivo da editora

Saiba mais +

Viver em comunidade

Vivemos melhor o dom da vida quando nossa família faz parte de uma comunidade.

A palavra comunidade tem origem na junção das palavras "comum" e "unidade". E o seu sentido está ligado a ideias e características em comum, partilha, harmonia e união de um grupo de pessoas.

Uma comunidade é a expressão da comunhão de seus membros, que se compreendem, conhecem a realidade histórica dos que caminham juntos, são unidos pelos mesmos interesses e dividem as mesmas crenças religiosas e culturais.

Os integrantes de uma comunidade buscam, juntos, melhorar a vida de seus membros e daqueles que os rodeiam.

As comunidades religiosas estão espalhadas em todo o mundo, e seus componentes geralmente se reúnem para conviver e praticar a fé. Veja um exemplo:

Alamy/Fotoarena

Batismo de crianças na Igreja cristã ortodoxa russa em 2010.

A foto mostra uma prática de uma comunidade cristã relacionada a sua cultura. Realizadas em grupo, práticas como esta ajudam a dar sentido à vida.

misericórdia: compaixão, piedade.

A vida em comunidade deve ser de misericórdia, compreensão, respeito; todos devem se sentir acolhidos, amados e animados a viver a graça da fé, e com alegria agradecer a Deus por nos ter dado o dom da vida.

VOCÊ EM AÇÃO

Ajuda ao próximo

> A arte da vida consiste em fazer da vida uma obra de arte.
>
> **Mahatma Gandhi**

Quando ajudamos o próximo, também estamos dando sentido à nossa vida.

Lembre-se de que o próximo é qualquer pessoa que precise de ajuda, por exemplo, nossos pais, irmãos, parentes, vizinhos e colegas da escola.

1 Com a turma, elabore uma lista de atividades simples que podem ser realizadas ao longo da semana para colaborar com nossos semelhantes.

Veja uma sugestão:

Atividades diárias da turma

Domingo: orar por todas as pessoas que convivem conosco.

Segunda-feira: ajudar nas tarefas de casa: juntar brinquedos, enxugar a louça, colocar água nas plantas.

Terça-feira: cuidar da sala de aula.

Ao refletirem para a confecção da lista, você e os colegas vão buscar soluções para viver melhor e, colocando-as em prática, estarão cumprindo essa missão.

2 Observe as ilustrações abaixo e, depois, pinte com lápis de cor as cenas que mostram atitudes de proteção à vida e ao meio ambiente.

Ilustrações: Claudia Marianno/Arquivo da editora

3 Converse com os colegas e o professor sobre as cenas que você pintou. De que modo elas mostram atitudes de proteção à vida? Alguma das cenas mostra desrespeito pela vida ou pelo meio ambiente? Qual delas? Por quê?

2 O VALOR DA VIDA

A vida é um dom que recebemos do Criador. Durante nossa vida, passamos por uma série de mudanças, desde o nascimento até a morte.

A chegada de um bebê costuma ser festejada em muitos lugares do mundo. Há diversas maneiras de comemorar o nascimento de uma criança. Vamos conhecer mais sobre esse assunto?

Omiyamairi (nascimento)

Cerca de um mês após o nascimento de um bebê – 31 dias para os meninos e 32 dias para as meninas –, as famílias vestem a criança com pequeno quimono de seda especial para a ocasião e a levam a um templo xintoísta para a Cerimônia da Primeira Visita do Bebê ao Templo. [...] OMIYAMAIRI significa "visita ao templo" e corresponde mais ou menos ao batismo no cristianismo.

xintoísta: religião japonesa em que as divindades representam as forças da natureza.

[...] Nessa cerimônia, o sacerdote ou sacerdotisa menciona o nome do bebê, dos pais da criança e o endereço da família pedindo bênçãos divinas para eles e seu lar, e todos os familiares fazem oferendas simbólicas deixando ramos de Tamagushi (pequenos galhos de árvore com enfeites de papel) no altar.

Alamy/Fotoarena

Bebê vestida para a cerimônia de Omiyamairi.

Simbolicamente, o OMIYAMAIRI representa a apresentação de uma nova pessoa aos deuses e à sociedade.

Existe a versão budista da mesma cerimônia.

Omiyamairi (nascimento), de Cristiane A. Sato. Disponível em: <www.culturajaponesa.com.br>. Acesso em: 7 nov. 2019.

O nascimento de uma criança é motivo de alegria. Mas como você sabe, todos os seres vivos nascem, crescem e morrem. Muitas perdas acontecem em nossa vida, como a morte de pessoas queridas ou de animaizinhos de estimação.

Nesses momentos de tristeza podemos perguntar: Por que as pessoas morrem?

Sabemos que a morte faz parte da existência humana, mas, quando temos fé, podemos aceitar as perdas e ter esperança na vida eterna. Compreender e aceitar a realidade da morte nos ajuda a valorizar ainda mais a vida e as pessoas com as quais convivemos: nossos pais, irmãos, avós, parentes, amigos e colegas.

Jose de Jesus Churion Del/Shutterstock

Mulher decora túmulo de um ente querido com flores no Dia dos Mortos na cidade de Michoacán, no México. O Dia dos Mortos é uma celebração de origem indígena, que começa no dia 31 de outubro e coincide com as tradições católicas do Dia dos Fiéis Defuntos e o Dia de Todos os Santos.

Ritos de passagem

Cada religião tem seus próprios costumes e tradições quando se trata de ritos ligados aos mortos.

Entre os cristãos católicos, é costume celebrar missas e rezar pelos mortos, para que alcancem a plenitude da vida eterna junto de Deus, no Paraíso.

Cada povo indígena possui suas próprias tradições. Alguns povos acreditam que, quando a pessoa morre, a alma se desprende do corpo em busca da "terra sem males". Assim, alguns povos indígenas realizam rituais nos quais o morto recebe alimentos, flechas, arcos, enfeites e plumas para sua viagem.

Para aqueles que seguem a tradição afrodescendente iorubá, o costume é invocar os espíritos dos antepassados, chamados de Babá Egun, em cerimônias realizadas nos terreiros.

Todos esses rituais e cerimônias têm em comum a intenção de manter viva a lembrança das pessoas queridas que já morreram.

plenitude: qualidade do que é completo; perfeição.
terreiro: local em que se realizam os cultos de tradições afro-brasileiras.

Rawpixel.com /Shutterstock

Família católica dando o último adeus a um ente querido.

Luciola Zvarick/Pulsar Imagens

O Quarup é um ritual de homenagem aos mortos celebrado pelos povos indígenas da região do Xingu, no Brasil. Na foto, indígenas do povo Wauja dançam em cerimônia do Quarup, em Gaúcha do Norte, Mato Grosso, 2019.

Daderot/Museu Estadunidense de História Natural, Nova Iorque, EUA

Traje iorubá feito de conchas para Egun usado em cerimônias. No Brasil, o culto aos eguns tem a função de estabelecer um elo com os antepassados que trazem bênçãos e conselhos aos seus descendentes.

Atividades

1 Pense nas questões abaixo e assinale as respostas corretas.

a) A pessoa que valoriza a vida:

- [ ] sabe amar e respeitar os outros.
- [ ] fica indiferente diante do que acontece com os outros.
- [ ] cuida da vida em todas as suas formas: dos animais, das pessoas, das plantas...
- [ ] não se interessa pela preservação do meio ambiente.

b) Estar cheio de vida é ter:

- [ ] alegria.
- [ ] tristeza.
- [ ] esperança.
- [ ] desânimo.

Claudia Marianno/Arquivo da editora

c) A vida tem valor quando:

- [ ] colaboramos para que reine a paz entre as pessoas.
- [ ] não tratamos as pessoas com carinho.
- [ ] agradecemos ao Criador por nossa família e nossos amigos.
- [ ] não cuidamos da natureza.

2 Leia a tirinha abaixo e, depois, responda:

Dona Morte em um dia de abril, de Mauricio de Sousa.
São Paulo: Globo. n. 230, 2005. p. 59.

a) Qual é a personagem que aparece na história?

....

b) O que você acha que as pessoas sentem quando falam sobre a morte?

....

....

c) O que a personagem deseja ser para que as pessoas não tenham medo dela?

....

d) E você, tem medo da Dona Morte? Converse com os colegas sobre isso.

3 **Que mensagens estão escritas nos blocos? Para saber, ordene os grupos de palavras.**

a)

....

....

....

b)

Ilustrações: Luiz Maia/Arquivo da editora

....

....

- Agora, converse com os colegas sobre o sentido das mensagens e como elas podem ser colocadas em prática.

4 Muitos artistas, músicos, poetas e escritores criam obras inspiradas pela morte. Na pintura, encontramos obras que interpretam a morte de diversas maneiras. Observe as imagens.

Alamy/Fotoarena/Museu Orsay, Paris, França.

A donzela e a morte. Óleo sobre tela, de Marianne Stokes, cerca de 1908.

Christie's Images/Bridgeman Images/Fotoarena/Coleção particular

Menina com máscara da morte. Óleo sobre tela, de Frida Kahlo, 1938.

- Converse com os colegas sobre as pinturas. Elas são parecidas ou diferentes? Por quê? O que vocês sentem ao observar cada uma dessas pinturas?

Saiba mais

Homenagens aos mortos

Povos e culturas de diferentes épocas e de diferentes lugares prestam homenagens a seus mortos e celebram rituais nas mais diversas tradições religiosas.

Na Grécia e na Roma antigas, por exemplo, prestar homenagens e chorar pelos mortos era um dever, a fim de garantir que a alma do falecido não ficasse em sofrimento.

Os povos antigos do Egito **embalsamavam** o corpo de suas rainhas e seus reis (faraós) e junto ao corpo colocavam objetos pessoais e joias pertencentes a eles, além de alimentos para acompanhar o falecido em sua jornada para o reino dos mortos.

Muitos costumes religiosos permaneceram ao longo do tempo, e até hoje homenageamos nossos mortos e nos lembramos deles com carinho e saudade.

D.serra1/Shutterstock

Tumba da rainha egípcia Nefertari, em Luxor, no Egito, 2019. Além de serem embalsamados, os corpos de rainhas e reis eram colocados em tumbas espaçosas e decoradas com pinturas.

embalsamar: envolver o corpo da pessoa falecida com substâncias capazes de preservá-lo.

Gehad Hamdy/dpa/Alamy/Fotoarena

Sarcófago egípcio em museu em Berlim, na Alemanha, 2016. O sarcófago é um túmulo feito de pedra.

O TEMA É...

Vida

A vida é amor, é energia, fé e emoção!

A Bíblia ensina que Deus nos deu a vida na Terra e nos prometeu a vida eterna. E Jesus disse:

> Eu sou a luz do mundo
> Eu sou o caminho, a verdade e a vida.

Vamos celebrar a vida com alegria, música e harmonia.

Vamos defender a vida com força, saúde e sabedoria.

1 Leia a letra da canção.

Claudia Marianno/Arquivo da editora

O que é, o que é

E a vida?
E a vida o que é, diga lá, meu irmão?
Ela é a batida de um coração?
Ela é uma doce ilusão?

Mas e a vida?
Ela é maravilha ou é sofrimento?
Ela é alegria ou lamento?
O que é, o que é, meu irmão?

Há quem fale que a vida da gente
É um nada no mundo
É uma gota, é um tempo
Que nem dá um segundo

Há quem fale que é um divino
Mistério profundo
É o sopro do criador
Numa atitude repleta de amor

Você diz que é luta e prazer
Ele diz que a vida é viver
Ela diz que melhor é morrer
Pois amada não é
E o verbo é sofrer

Eu só sei que confio na moça
E na moça eu boto a força da fé
Somos nós que fazemos a vida
Como der ou puder ou quiser

Sempre desejada
Por mais que esteja errada
Ninguém quer a morte
Só saúde e sorte

E a pergunta roda
E a cabeça agita
Fico com a pureza da resposta das crianças
É a vida, é bonita e é bonita

Viver e não ter a vergonha de ser feliz
Cantar (e cantar e cantar)
A beleza de ser um eterno aprendiz
Eu sei que a vida devia ser bem melhor e será
Mas isso não impede que eu repita
É bonita, é bonita e é bonita!

O que é, o que é, de Gonzaguinha. In: **Caminhos do coração**. Gravadora EMI, 1982.

Você sabia que muitas pessoas, no mundo inteiro, dedicam a vida a ajudar os outros, a defender os seres vivos e o meio ambiente?

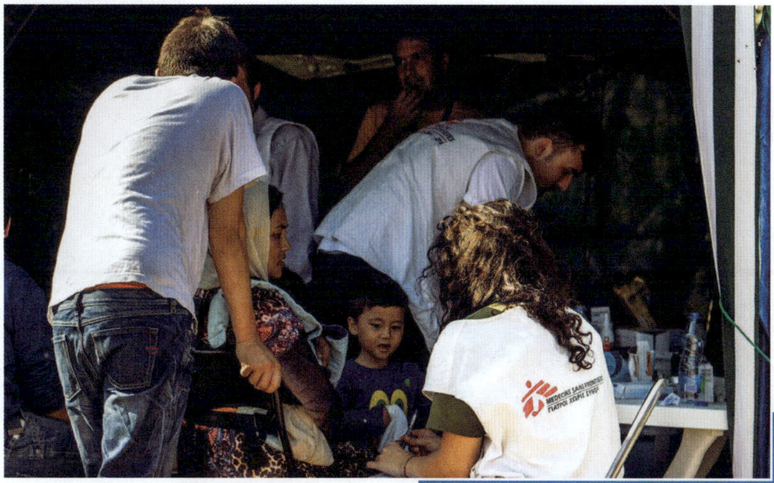
BalkansCat/Shutterstock

Médicos da organização Médicos Sem Fronteiras (MSF) em atendimento a uma família, na Sérvia, 2015. A MSF é formada por médicos voluntários que levam cuidados de saúde a locais que enfrentam problemas como guerras e desastres naturais.

Fernando Vivas/Folhapress

Voluntários se reúnem para limpar praia atingida por derramamento de óleo em Salvador, na Bahia, 2019. Nesse ano, o vazamento de uma grande quantidade de petróleo no mar chegou às praias de vários estados brasileiros, trazendo prejuízos ao meio ambiente, à vida marinha e às comunidades locais.

Esse foi o jeito que essas pessoas encontraram de dar e receber amor, carinho e cuidado, e também de tornar o mundo melhor a cada gesto que fazem, mesmo que bem pequeno. Como ensina Madre Teresa:

> Por vezes sentimos que aquilo que fazemos não é senão uma gota de água no mar, mas o mar seria menor se lhe faltasse uma gota.

2 E para você, o que é a vida? Troque ideias com os colegas.

3 Reflita e anote no caderno: o que você poderia fazer para defender a vida?

4 Agora, formem grupos e compartilhe suas ideias com os colegas. Cada grupo irá confeccionar um cartaz com o tema "Atitudes em defesa da vida".

3 A ALEGRIA DE SER CRIANÇA

> Deixem vir a mim as crianças, não as impeçam, pois o Reino de Deus pertence aos que são semelhantes a elas.
>
> **Marcos 10,14**

Todas as pessoas possuem direitos que as defendem de várias situações ruins. O texto abaixo, da escritora Ruth Rocha, apresenta alguns dos direitos que as crianças têm. Leia-o com o professor e os colegas.

Os direitos das crianças

Toda criança do mundo
Deve ser bem protegida
Contra os rigores do tempo,
Contra os rigores da vida.

Criança tem que ter nome
Criança tem que ter lar
Ter saúde e não ter fome
Ter segurança e estudar.

[...]

Mas a criança também tem
O direito de sorrir.
Correr na beira do mar,
Ter lápis de colorir...

Claudia Marianno/Arquivo da editora

Ver uma estrela cadente,
Filme que tem robô,
Ganhar um lindo presente,
Ouvir histórias do avô

[...]

E quando a noite chegar,
Um bom banho, bem quentinho,
Sensação de bem-estar...
De preferência com colinho.

[...]

Embora eu não seja rei,
Decreto, neste país,
Que toda, toda criança
Tem direito a ser feliz!

Os direitos das crianças segundo Ruth Rocha, de Ruth Rocha. São Paulo: Salamandra, 2014. p. 6, 12, 14, 38, 42.

- De qual direito apresentado no texto você gostou mais? Por quê?

Em 1959, a Organização das Nações Unidas (ONU) aprovou uma declaração com dez direitos para garantir que as crianças fossem protegidas. Vamos conhecer esses direitos?

1. Todas as crianças, independentemente de cor, sexo, língua, religião ou opinião, devem ter os direitos garantidos.
2. A criança será protegida e terá direito ao desenvolvimento físico, mental, moral, espiritual e social adequados.
3. Crianças têm direito a nome e nacionalidade.
4. Toda criança terá direito a alimentação, recreação e assistência médica.
5. Toda criança portadora de necessidades especiais terá direito a tratamento, educação e cuidados especiais.
6. Toda criança precisa de amor e compreensão.
7. Toda criança terá direito a receber educação, que será gratuita pelo menos no grau primário.
8. Toda criança estará, em qualquer circunstância, entre os primeiros a receber proteção e socorro.
9. A criança será protegida contra qualquer crueldade e exploração.
10. Toda criança terá proteção contra atos de discriminação.

Significados. **10 princípios dos Direitos da Criança**.
Disponível em: <www.significados.com.br/principios-direitos-da-crianca/>.
Acesso em: 12 dez. 2019.

Em 1989, a ONU publicou outro acordo sobre o tema, que foi assinado por 193 países. Aqui no Brasil, o Estatuto da Criança e do Adolescente, instituído pela Lei n. 8.069 no dia 13 de julho de 1990, também trata desse assunto.

Infelizmente, nem sempre os direitos das crianças são observados. Mas, em todo o mundo, muitos governos e pessoas se esforçam para que todas as crianças tenham condições de viver em paz, com alimentos, saúde, segurança e acesso à escola.

- Escolha um dos direitos listados acima e diga como ele pode ser colocado em prática.

Festas e celebrações em família

Ter uma religião é um direito de todas as pessoas. Uma das festas mais celebradas no mundo é a Páscoa. Você e sua família costumam comemorar a Páscoa? Como muitas crianças, você recebe ovos de chocolate de presente?

Mas a Páscoa é muito mais do que coelhinhos e ovos de chocolate. Você conhece o verdadeiro sentido dessa festa?

Páscoa significa passagem da morte para a vida. Para os cristãos, é a festa mais importante de todas, pois celebra a ressurreição de Jesus Cristo, vencendo a morte e dando esperança de que todos podem vencê-la também.

Conheça a seguir algumas comemorações importantes para outras tradições religiosas.

Ilustrações: Claudia Marianno/Arquivo da editora

OI, GENTE, SOU A RITINHA! NÓS, CATÓLICOS, CELEBRAMOS A SEMANA SANTA COM MUITA FÉ, COM ORAÇÕES E SEM COMER CARNES VERMELHAS. MEUS PAIS ME EXPLICARAM QUE CELEBRAR A SEMANA SANTA É CELEBRAR TODOS OS PASSOS DE JESUS, PASSANDO PELA PAIXÃO E MORTE ATÉ CHEGAR À PÁSCOA, QUE É A GRANDE FESTA DA RESSURREIÇÃO.

MEU NOME É ZAHIR, MEUS PAIS VIERAM DO IRAQUE. NÓS SOMOS MUÇULMANOS E COMEMORAMOS COM UMA GRANDE FESTA O FINAL DO RAMADÃ. CELEBRAMOS A PRIMEIRA REVELAÇÃO FEITA POR DEUS AO PROFETA MAOMÉ! COM TODA A FAMÍLIA REUNIDA, PREPARAMOS UMA REFEIÇÃO ESPECIAL, COM PRECES E TROCA DE PRESENTES.

Ilustrações: Claudia Marianno/Arquivo da editora

OLÁ, MEU NOME É RUPI, MEUS AVÓS VIERAM DA ÍNDIA. NA MINHA FAMÍLIA, CELEBRAMOS O DIA DA ILUMINAÇÃO DE BUDA NA LUA CHEIA DO MÊS DE MAIO, COM UMA GRANDE FESTA CHAMADA VESAK, OU FESTA DAS LUZES.

- Sua família comemora a Páscoa ou outra data religiosa? Conte aos colegas e, depois, faça um desenho em uma folha avulsa para mostrar como é a data celebrada em sua casa.

Atividades

1 Observe as imagens abaixo.

Tetra images RF/Getty Images

Monkey Business Images/Shutterstock

Galleria Laureata/Shutterstock

wavebreakmedia/Shutterstock

a) Marque com um **X** a imagem de que você mais gostou e, depois, conte para os colegas o porquê.

b) Quais sentimentos você percebe em cada imagem?

2 O valor da alegria está em amar a todos e nos ajudar uns aos outros. Pinte as palavras que expressam sentimentos positivos, que contribuem para o bom convívio e deixam as pessoas mais felizes.

bondade	egoísmo	solidariedade	brigas
amizade	união	respeito	amor

3 Marque **C** para certo e **E** para errado nas situações a seguir:

Ilustrações: Claudia Marianno/Arquivo da editora

Encontrei um brinquedo que alguém esqueceu:

Vou guardar pra mim! ☐

Vou procurar o dono! ☐

Quebrei o carrinho do meu amigo:

Vou dizer que não fui eu que quebrei. ☐

Vou pedir desculpas. ☐

Vi uma criança chorando de fome:

Vou levar comida para ela. ☐

Vou fingir que não a vi. ☐

4 Uma coisa que traz alegria a muitas crianças é brincar no parque. É muito bom aproveitar os brinquedos, correr, escorregar, rodar, balançar e dar muitas risadas.

Observe a imagem e, depois, converse com os colegas sobre o que o artista representou.

Reprodução/Coleção José Luís de Magalhães Lins, RJ

Carrossel. Óleo sobre tela, de Milton Dacosta, 1948.

- Você já brincou em um carrossel? Compartilhe sua experiência com os colegas.

5 Agora escreva uma oração agradecendo a Deus por tantas alegrias que você recebeu: sua vida, sua família, seus professores, os amigos e colegas com quem você estuda e brinca.

....

....

....

....

6 Faça a atividade *Jogo das emoções* da **página 3** do **Caderno de criatividade e alegria**.

Saiba mais

Celebrar com fé

As festas religiosas fortificam o espírito; as pessoas têm a oportunidade de estar em comunhão com o sagrado, podendo refletir sobre a própria existência e as experiências que tiveram. Elas participam de rituais, dançam e cantam para agradecer e pedir bênçãos.

As comunidades religiosas celebram muitas festas diferentes – com rituais, música e símbolos que encantam e reavivam a fé –, destinadas a relembrar momentos marcantes.

Todos gostam de participar de festas, mas as crianças gostam especialmente, pois, além das celebrações de caráter religioso, há encontros familiares, presentes e comidas especiais, como o chocolate na Páscoa!

Crianças internadas recebem Festa de Páscoa em hospital de João Pessoa, na Paraíba, 2019. As crianças ganharam cestas com doces e receberam maquiagem de coelhinho.

VOCÊ EM AÇÃO

Tradição pascal

Todo mundo conhece o costume de dar ovos de chocolate no domingo de Páscoa. Mas você sabe a origem dessa tradição?

Denis Machado/https://jornalibia.com.br

Coelhinho pintado em ovo de galinha para a Páscoa, em Montenegro, Rio Grande do Sul, 2018.

O ovo simboliza nascimento, vida, renovação. A ressurreição de Jesus Cristo representa a esperança de vida nova para toda a humanidade.

A tradição de presentear pessoas queridas com ovos pintados à mão é um antigo costume de alguns povos da Europa, que comemoram a chegada da primavera com esperança de colheitas abundantes.

Essa tradição foi trazida para o Brasil pelos imigrantes e ainda está viva em comunidades de vários estados do país.

Com o passar do tempo, começou-se a rechear com chocolate as cascas de ovos.

Por falar em chocolate, fique de olho!

Comer chocolate é gostoso, mas é bom não exagerar!

No lanche de todo dia, prefira alimentos saudáveis.

Um lanche bem equilibrado deve conter leite ou derivados (como iogurte e queijo), fruta ou suco natural e uma fonte de carboidrato para repor a energia, como cereais ou um pãozinho, de preferência integral.

Com um lanche desses você faz boas escolhas para ganhar mais saúde e energia para brincar e aprender!

1 Agora é sua vez! Que tal decorar uma folha de papel com ovos coloridos? Desenhe e pinte vários ovos. Depois, recorte-os e dê de presente para amigos e parentes de quem você gosta.

A Páscoa é celebrada em muitos lugares do mundo, por diferentes povos e crenças religiosas. Observe as imagens e leia as legendas.

Alamy/Fotoarena

Família celebra *Pessach*, a Páscoa judaica, em Jerusalém, 2015.

LightField Studios/Shutterstock

Família decora ovos para celebrar a Páscoa cristã.

2 Faça uma entrevista com um adulto de sua família, amigo ou vizinho, para descobrir o que ela sabe sobre a Páscoa. Depois, registre no quadro as respostas que você obteve.

Nome: ....

....

Você segue alguma religião? Qual?

....

Qual é o significado da Páscoa?

....

....

Deixe uma mensagem para minha turma.

....

....

....

3 Leia o poema silenciosamente.

Convite

Poesia
é brincar com palavras
como se brinca
com bola, papagaio, pião.

Só que
bola, papagaio, pião
de tanto brincar
se gastam.

As palavras não:
quanto mais se brinca
com elas
mais novas ficam.

Como a água do rio
que é água sempre nova.

Como cada dia
que é sempre um novo dia.

Vamos brincar de poesia?

Claudia Marianno/Arquivo da editora

Poemas para brincar, de José Paulo Paes. São Paulo: Ática, 2011.

a) Na sua opinião, por que o autor compara as palavras às águas de um rio e a um novo dia? Compartilhe suas ideias com os colegas.

b) Agora, vocês vão fazer um jogral. Formem 6 grupos e cada grupo ficará responsável por declamar, como um coro, uma estrofe do poema.

4 Divirta-se procurando as palavras abaixo no diagrama.

bondade	amar	esperança	brincar	estudar	
oração	carinho	alegria	escutar	criança	futuro

E	C	E	B	R	I	N	C	A	R	Q	E	M	A
V	A	S	M	F	T	X	E	E	B	A	S	V	Z
E	R	P	E	U	H	Z	R	B	O	M	T	C	O
S	I	E	S	T	U	D	A	R	N	A	U	B	R
C	N	R	M	U	A	T	S	R	D	R	D	R	A
U	H	A	C	R	I	A	N	Ç	A	Z	A	U	Ç
T	O	N	F	O	A	I	Z	R	D	O	R	P	Ã
A	H	Ç	D	Q	V	U	R	S	E	Y	S	T	O
R	F	A	L	E	G	R	I	A	X	A	N	Q	V

- Escreva abaixo a palavra que você considera a mais importante e qual é o significado dela para você. Depois, compartilhe suas respostas com o colega ao lado e ouça a resposta dele.

....

....

Quem é?

Claudia Guimarães/Folhapress

José Paulo Paes foi poeta, escritor, tradutor e editor. Nasceu em 1926 na cidade de Taquaritinga, interior do estado de São Paulo, e morreu em 1998.

4 VIVENDO EM HARMONIA

Viver em boa harmonia, no mesmo espírito e no mesmo sentimento.

1ª Carta aos Coríntios 1,10

Todos os dias nós nos encontramos com diversas pessoas. É importante que cada um seja educado e busque ajudar o próximo; assim todos podem viver bem. Leia o texto abaixo com o professor.

A joaninha amiga

Dona Lagartixa Espicha resolveu comemorar o seu aniversário. Ela então convidou suas melhores amigas para a festa.

Dona Joaninha gostou muito do convite e pensou: "Oba! Vai ser uma ótima oportunidade para eu me arrumar bem bonita! Vou usar até meu leque chinês, que ganhei de Besouro Ramiro. Todos vão me achar muito elegante e vão querer dançar comigo...".

No dia da festa ela colocou suas sandálias de veludo, sua capinha de tule, várias pulseiras, anéis, uma fita na cintura e laço no cabelo.

No caminho encontrou Dona Formiga, a Aranha Tatanha, a Minhoca Filoca e Taturana Joana.

Ilustra Cartoon/Arquivo da editora

Ilustra Cartoon/Arquivo da editora

— Boa tarde, minhas amigas! Vocês estão indo para a festa da Dona Espicha?

— Não, Dona Joaninha! Nós não estamos indo para a festa.

— Ora, por quê?

— Porque não temos roupas adequadas.

— Que é isso, amigas? Eu posso emprestar para vocês alguma coisa. Eu estou muito enfeitada.

— Verdade? Você faria isso por nós? — disse a Taturana entusiasmada.

— Faço sim! Posso emprestar meus anéis e minhas pulseiras para Dona Aranha, minha capinha de tule para Dona Taturana, meu laço do cabelo para Dona Minhoca Filoca e minha fita da cintura ficará muito bem na Dona Formiga.

— Que é isso, Dona Joaninha? E a senhora não vai à festa?

— Vou com um leque chinês, tão bonito!

— Que maravilha! — disse a Aranha. — Assim todas nós podemos ir parabenizar a Dona Lagartixa.

Dividiram os enfeites e foram todas radiantes para a festa.

Dona Joaninha não parava de sorrir. E isso a fez tão bonita que todos ficaram encantados com ela.

A maneira lúdica de ensinar, de Graça Batituci e Clélia Márcia de A. Melo. 3. ed. Belo Horizonte: Fapi, 2002. v. 2. p. 26.

- O que você achou da atitude da Dona Joaninha? No dia a dia, como alguém poderia colocar o exemplo dela em prática? Converse com os colegas.

Descobrir o encanto de viver em harmonia com as pessoas é o grande segredo de quem sabe viver bem, ser amigo e solidário e praticar a cidadania.

harmonia: acordo, paz.

O Criador, autor da vida, deseja que todas as suas criaturas experimentem o gosto de conviver com os outros como irmãos. Ele nos criou para viver a fraternidade, o amor, o respeito, a união e a partilha.

As diferentes religiões indicam muitos caminhos para viver com sabedoria, esperança, confiança, paz e harmonia.

Viver em harmonia nos torna melhores!

- Converse com os colegas sobre como viver em harmonia na escola. Anotem as ideias de todos e depois escolham cinco dicas para conviver bem na sala de aula.

  Registre no quadro abaixo as dicas de bem viver que vocês escolheram.

Claudia Marianno/Arquivo da editora

Dicas para a boa convivência na sala de aula
1.
2.
3.
4.
5.

Que tal começar surpreendendo todos no seu dia a dia? Quer saber como?

Fazendo bem as tarefas da escola e de casa, participando da aula, dando sua opinião, trocando ideias com os colegas, tratando a todos com gentileza e respeito!

Atividades

1 Dona Joaninha emprestou seus enfeites para as amigas. Mesmo assim, ela chegou muito bonita à festa. Por quê?

2 Como Dona Joaninha agiu com suas amigas? Pinte as joaninhas das frases que respondem corretamente a essa pergunta.

Dona Joaninha partilhou seus enfeites.

Luiz Maia/Arquivo da editora

Dona Joaninha foi egoísta e não dividiu seus enfeites.

Dona Joaninha passou pelas amigas sem falar com elas.

Dona Joaninha encontrou as amigas e ajudou todas a irem à festa com ela.

3 Ligue os trechos da coluna da esquerda com sua continuação, na coluna da direita. Você vai descobrir frases que nos ajudam a colaborar com as pessoas.

O que faço ao próximo	quando ele está em dificuldade.
Fazendo o bem	com os outros o que tenho.
Ajudo um amigo	retorna para mim.
Bondade é repartir	pratico o amor.

4 Decifre o código e encontre uma palavra que representa uma qualidade que é muito importante para a boa convivência.

Luiz Maia/Arquivo da editora

- Escreva aqui a palavra que você encontrou.

....

5 Vamos aprender a partilhar como Dona Joaninha?

Na próxima aula, traga de casa um livro de que você goste muito. Troque seu livro com o de um colega. Não se preocupe, pois, no fim da atividade, todos os livros serão devolvidos!

Em casa, leia o livro do colega e depois escreva um resumo da história no seu caderno.

Na aula seguinte, você e os colegas vão ler os resumos, como se fossem "contadores de histórias".

6 Estamos aprendendo a viver em harmonia, ajudando uns aos outros, respeitando, cuidando das pessoas, dos animais e da natureza.

Observe as ilustrações e relacione cada cena a uma das palavras escritas no quadro.

respeito - fé - acolhimento - cuidado

....

Ilustrações: Claudia Marianno/Arquivo da editora

....

7 Observe a tirinha e depois escreva a sua opinião sobre o que Armandinho deseja.

© Armandinho, de Alexandre Beck/Acervo do cartunista

....

....

....

....

8 Pinte a cena como quiser e dê um título para o seu trabalho.

....

Claudia Marianno/Arquivo da editora

Saiba mais

Aprendendo com os indígenas

Nas sociedades indígenas, a terra é um bem que pertence a todos. As famílias trabalham na terra para o bem da comunidade.

Os indígenas procuram viver em harmonia com a natureza, preservando as florestas, respeitando as pessoas e os animais. Eles vivem em harmonia com a mãe Terra, que é indispensável para a sobrevivência de todos os seres vivos.

A solidariedade se manifesta também no modo como as tarefas são divididas nas aldeias indígenas.

As pessoas mais velhas são muito respeitadas. Não são abandonadas nem ignoradas pelos mais jovens, como às vezes acontece em outras sociedades. Os mais velhos aprenderam muito com a vida, conhecem as tradições e os costumes e passam essa sabedoria para as novas gerações.

O respeito pelo outro é um dos valores mais importantes na cultura indígena brasileira. Os indígenas respeitam as crianças, cuidam delas com paciência, ensinam-lhes tudo o que é necessário.

Seria muito bom que as outras culturas aprendessem um pouco sobre essa forma harmônica de viver.

Luciola Zvarick/Pulsar Imagens

Crianças tuyukas recebem pintura corporal para participar de rituais, em Manaus, Amazonas, 2016.

O TEMA É...

Liberdade religiosa

Os seres humanos são livres para escolher suas crenças e tradições religiosas. Podemos viver como irmãos e conviver em harmonia.

O papa Francisco, líder máximo do catolicismo, e Ahmed el-Tayeb, grande imã da mesquita de Al-Azhar, localizada na cidade do Cairo, capital do Egito, dialogam em favor da paz, liberdade religiosa, igualdade, amor e tratam todos como gostariam de ser tratados.

imã: líder religioso islâmico.

Esses dois líderes mostram que as religiões podem caminhar juntas, em direção a um mundo de paz, tolerância e amor ao próximo.

Franco Origlia/Getty Images

Papa Francisco e o grande imã Ahmed el-Tayed cumprimentam-se com um aperto de mãos no Vaticano, em 2019.

Como você aprendeu nesta Unidade, todos podem cooperar ajudando uns aos outros e respeitando as crenças de nossos irmãos. Cooperar é repartir, e o bem que fazemos sempre retorna para nós em forma de felicidade.

Ilustrações: Claudia Marianno/Arquivo da editora

1 Em grupo, converse com os colegas sobre as imagens apresentadas. Como vocês podem colaborar uns com os outros no dia a dia?

2 Ainda em grupo, leiam o versículo abaixo. Vocês concordam com o que está escrito? Por quê?

> Mais vale estar a dois do que estar sozinho.
> Se um cair poderá ser levantado pelo companheiro.
>
> **Eclesiastes 4,9-10**

UNIDADE 2

CRESCER COM FÉ E AMOR

Entre nesta roda

- Observe na ilustração pessoas de diversas religiões em templos e lugares de culto e oração. Você já visitou algum desses locais?
- Você frequenta um lugar de oração com sua família?
- Você acha importante ter fé e cultivar o amor? Por quê?

Nesta Unidade vamos estudar...

- Diferentes manifestações religiosas
- Livros sagrados
- A oração e a fé em nossa vida

Fernanda Monteiro/Arquivo da editora

5 O AMOR FAZ A DIFERENÇA

> Amai a Deus sobre todas as coisas e ao teu próximo como a ti mesmo.
>
> **Mateus 22, 37-39**

Você já sabe que o amor a Deus e ao próximo é um dos principais ensinamentos de diversas religiões do mundo.

Observe a ilustração e leia o que cada criança traz dentro do coração.

Claudia Marianno/Arquivo da editora

1ª Carta aos Coríntios 13, 1-13

ostenta: mostra riqueza com vaidade.
regozija: alegra.

Quem escreveu essas palavras sobre amor foi Paulo, apóstolo de Jesus, em uma carta aos cristãos de Corinto, uma rica cidade da Grécia.

Naquele tempo, os apóstolos mandavam mensagens para os seguidores de Jesus. Paulo, que hoje conhecemos como São Paulo, escreveu muitas cartas para as primeiras comunidades cristãs. Elas estão registradas no Novo Testamento, uma das partes da Bíblia.

Observe as imagens.

Eduardo Anizelli/Folhapress

Voluntários organizam doações para as vítimas do rompimento de uma barragem de mineração em Brumadinho, Minas Gerais, em 2019. O desastre deixou a cidade coberta por lama tóxica.

Guilherme Santos/Sul21

Voluntários levam alimentos e roupas para moradores em situação de rua em Porto Alegre, Rio Grande do Sul, 2016.

Sempre que puder, fale de amor com amor para alguém. Faz bem aos ouvidos de quem ouve e à alma de quem fala.

Santa Dulce

barragem de mineração: espécie de tanque de grandes dimensões para armazenar rejeitos; fica perto das minas de onde é extraído ferro, por exemplo.

- Converse com os colegas sobre o que as imagens representam. Você já fez um gesto semelhante aos das imagens? Como foi a sua experiência? Conte aos colegas.

Quem é?

Reprodução/Obras Sociais Irmã Dulce - OSID

Maria Rita de Souza Brito Lopes Pontes, nascida em Salvador, Bahia, desde jovem se dedicou a obras de assistência aos mais pobres. Chamada de "anjo bom da Bahia", Irmã Dulce fundou hospitais, cuidou de crianças e sempre praticou o amor. No dia 13 de outubro de 2019, ela se tornou a primeira santa brasileira, canonizada pelo papa Francisco como Santa Dulce dos Pobres.

Atividades

1 Assim como São Paulo, escreva abaixo com suas palavras o que é o amor.

Luiz Maia/Arquivo da editora

2 Converse com os colegas sobre o amor. Veja o que eles escreveram e mostre o seu texto a eles.

3 O amor transforma quando nosso coração está pronto para amar, para querer, para saber. O amor nos enche de alegria quando é compartilhado e faz o outro feliz.

Observe as ilustrações e depois conte aos colegas como cada criança está expressando amor.

Ilustrações: Claudia Marianno/Arquivo da editora

4 Identifique as diferentes formas de demonstrar carinho e afeto, ligando cada frase da coluna da esquerda com a definição correspondente na coluna da direita.

amor de mãe	**amor fraternal**
amor de pai	**amor filial**
amor entre irmãos	**amor maternal**
amor de filho	**amor paternal**

5 Leia o texto abaixo.

Porta do coração

Um homem havia pintado um lindo quadro e, no dia de apresentá-lo ao público, convidou todo mundo para vê-lo. Compareceram as autoridades locais, fotógrafos, jornalistas e muita gente, pois o pintor tinha fama de grande artista.

Claudia Marianno/Arquivo da editora

Chegado o momento, tirou-se o pano que cobria o quadro. Houve caloroso aplauso. Era uma impressionante figura de Jesus batendo à porta de uma casa. O Cristo parecia vivo. Com suas mãos de dedos longos, batia suavemente e, com os ouvidos junto à porta, parecia querer ouvir se lá dentro alguém respondia. Houve discursos e elogios. Todos admiravam aquela obra de arte. Um observador curioso, porém, achou uma falha no quadro: a porta não tinha fechadura! Como se fará para abri-la?

— É assim mesmo — respondeu o pintor. — Esta é a porta do coração humano; só se abre do lado de dentro.

As mais belas parábolas de todos os tempos, de Alexandre Rangel. Petrópolis: Vozes, 2015. v. 1. p. 227.

- Agora, em dupla, respondam:

  a) Na opinião de vocês, por que a porta do coração só pode ser aberta por dentro?

  b) Como alguém pode deixar o coração sempre aberto para Jesus entrar?

6 Faça a atividade *Um cartão especial* da **página 9** do **Caderno de criatividade e alegria**.

Saiba mais

Expressão da fé

As diferentes religiões demonstram seu amor à divindade por meio de gestos e símbolos. Nos momentos de prece ou oração, fazemos diferentes gestos e movimentos para expressar amor e respeito.

Observe as imagens.

valeriy eydlin/Shutterstock

Os cristãos costumam ajoelhar-se para rezar. Mosteiro em Cebu, nas Filipinas, 2019.

Creativa Images/Shutterstock

Muçulmano e esposa fazendo suas preces em mesquita. Para praticar a oração, os muçulmanos ajoelham-se em um tapete e curvam-se.

Alamy/Fotoarena

Muitos evangélicos cantam nas igrejas em louvor ao Criador. Paris, França, 2016.

meunierd/Shutterstock

Interior da Igreja de São Zacarias localizada no centro de Veneza, na Itália, em 2019. A cruz é um dos símbolos do cristianismo. Ela lembra aos cristãos que Jesus lhes deu sua vida.

BrAt82/Shutterstock

A menorá, um candelabro com sete braços, é um dos símbolos do judaísmo.

Romankonovalov/Shutterstock

Um dos símbolos do budismo é a roda da vida.

VOCÊ EM AÇÃO

O amor não é egoísta

Leia a história que um sábio contou para um mendigo há muito, muito tempo. O mendigo contou para um amigo; o amigo contou para seus filhos, e assim a história foi passando de uma geração para outra.

Era uma vez um homem mau que,
ao morrer, foi direto para o inferno.
Quando chegou na entrada, encontrou um anjo
que lhe disse:
— Conte-me uma boa ação que você tenha
realizado quando era vivo.

O homem pensou bastante
e respondeu ao anjo:
— Eu nunca fiz nada de bom.

O anjo insistiu:
— Tem certeza de que não fez nada?
O homem pensou mais um pouco
e respondeu:
— Ah! Uma vez, ao passar por uma floresta,
vi uma aranha e dei a volta para não matá-la.

Camila de Godoy/Arquivo da editora

Então, o anjo disse:
— Olhe para cima. Está vendo aquela teia?
Suba por ela e chegará ao céu.
Então, o homem começou a subir, mas
outras pessoas também começaram a subir.

Camila de Godoy/Arquivo da editora

O homem tentou afastá-las, empurrá-las
e gritou para que elas descessem
porque não queria que a a teia de
aranha arrebentasse.
Mas foi o que aconteceu.

Então o anjo disse:
— Pelo seu egoísmo,
você deixou de entrar no céu.

Lenda tradicional hindu.

1 Depois de ler a história, que tal fazer uma dramatização?

Com os colegas, formem grupos e decidam quem vai representar o narrador, o anjo e o homem. Se quiserem, adaptem o texto inserindo mais falas ou personagens.

2 Converse com os colegas e descubram juntos o que podemos aprender com essa história.

6 O CAMINHO QUE LEVA AO CORAÇÃO

Você já pensou na importância de dialogar em casa, na escola, na comunidade?

O diálogo nos aproxima, nos faz chegar ao coração do outro!

Para construir um mundo melhor, mais feliz e mais justo, vamos dialogar, vamos ser amigos!

wavebreakmedia/Shutterstock

Digital Vision/Getty Images

fizkes/Shutterstock

- Converse com os colegas sobre as imagens. Você se identifica com alguma das cenas apresentadas? Conte a sua experiência.

Dialogar é compreender, conversar, ouvir e respeitar...
É encontrar força no perdão.
É agradecer, respeitar os pais e os amigos.
É saber dizer “eu te amo” de muitas maneiras diferentes!
É fazer da vida um encontro de gente que busca união.
Dialogar é, ainda, dar a própria opinião e ouvir a dos outros.
É mudar de opinião, se for o caso.
Dialogar é ser sincero e verdadeiro, justo e companheiro...

KidStock/Blend Images LLC/Digital Vision/Getty Images

Monkey Business ImagesShutterstock

- Para você, o que significa dialogar? Qual é o melhor jeito de dialogar?

Atividades

1 Desenhe uma carinha feliz nas frases que demonstram o que é dialogar. Nas outras frases, faça uma carinha triste .

- [ ] Respeitar o outro, compreendendo seu direito de discordar.
- [ ] Fingir que concordo com o outro apenas para encerrar a discussão.
- [ ] Concordar com o que é bom e buscar aprender algo novo com a conversa.

Ilustrações: Claudia Marianno/Arquivo da editora

- [ ] Defender minhas ideias sem ouvir a opinião dos outros.
- [ ] Prestar atenção ao que o outro diz.
- [ ] Eu tenho razão e não me interessa a opinião de ninguém.
- [ ] Dialogar é partilhar opiniões.
- [ ] Eu vivo muito bem sem dialogar com ninguém!
- [ ] Perdoar faz bem para quem perdoa e para quem é perdoado.

- [ ] Precisamos aprender a nos reconciliar com os outros.

2 Observe o infográfico abaixo.

Muitos olhares, muitos lugares, várias culturas e crenças...

Claudia Marianno/Arquivo da editora

- Agora, converse com os colegas sobre a liberdade de escolha e a diversidade de culturas e religiões que aproximam os seres humanos do Criador.

3 Complete as frases abaixo com as palavras dos quadros.

tradições religiosas	**ajudar**	**ouvir**

- Chego mais perto do coração das pessoas quando:

a) sou uma pessoa carinhosa e sei ....

b) respeito as .... dos colegas.

c) em casa e na escola, eu me ofereço para ....

- Fico mais longe do coração das pessoas quando:

religião	**escutar**	**desculpas**

a) não sei ....

b) recuso-me a pedir ....

c) falo mal da .... de alguém.

4 Você já sabe como falar com os outros para conviver bem com eles? Então escreva palavras de...

amizade ....

amor ....

perdão ....

5 Marque com **X** o que precisamos ser quando falamos com nossos amigos:

☐ sinceros

☐ mentirosos

☐ fofoqueiros

☐ honestos

☐ fiéis

☐ invejosos

Saiba mais

Do amor nasce o perdão

Várias religiões ensinam que o perdão nasce do amor e do desejo de paz entre os seres humanos.

Para os judeus, não há sentido em pedir perdão a Deus se o mal foi feito contra o próximo. Primeiro devemos pedir perdão a quem fizemos algo ruim para depois nos dirigirmos ao Pai.

No judaísmo, uma das principais comemorações é o Yom Kipur, ou Dia do Perdão. Nessa data, todos fazem uma reflexão sobre seus atos e pedem perdão a Deus por seus erros.

Alamy/Fotoarena/Museu da Diocese de Wloclawek, Polônia.

O retorno do filho pródigo. Óleo sobre tela de Guercino (Giovanni Francesco Barbieri), século XVII. A obra mostra o perdão concedido por um pai a seu filho, que se arrepende por ter abandonado a família e gastado boa parte de sua fortuna.

Aos cristãos, Jesus Cristo ensinou que Deus é um Pai misericordioso que nos compreende e nos perdoa quando erramos. A vida de Jesus está repleta de cenas de amor e perdão. Ele nos ensinou que precisamos saber perdoar e, com sinceridade e gentileza, desculpar os outros pelas faltas cometidas.

Perdoar é um ato de coragem, amor e desprendimento. Nem sempre é fácil perdoar, mas devemos nos esforçar para não retribuir o mal com o mal e para compreender os erros do outro e ajudá-lo a recuperar-se.

Leia o texto a seguir, retirado da Bíblia, o livro sagrado dos cristãos.

> Pedro aproximou-se de Jesus e perguntou: "Senhor, quantas vezes devo perdoar, se meu irmão pecar contra mim? Até sete vezes?".
>
> Jesus respondeu: "Não lhe digo que até sete vezes, mas até setenta vezes sete".
>
> **Mateus** 18,21-22

O TEMA É...

Sentimentos e emoções

Todos nós temos sentimentos, esperanças e sonhos. Mas será que todos sentimos as coisas do mesmo jeito? Se você contar a um amigo que está triste, será que ele vai entender sua emoção? Será que tristeza, para seu amigo, significa a mesma coisa que para você?

Em geral, as experiências dos seres humanos são semelhantes. Somos capazes de compreender o que acontece com os outros mesmo sem experimentar seus sentimentos. Mas é muito importante, primeiro, reconhecer e expressar nossos próprios sentimentos e emoções.

1 **Observe as imagens e depois escreva no quadrinho qual é a emoção que cada criança está expressando.**

Ilustrações: Claudia Marianno/Arquivo da editora

- Agora, reúna-se em grupo e responda:

a) Das emoções acima, quais você já sentiu?

b) Quais emoções fizeram você se sentir bem? Alguma fez você se sentir mal?

c) Quando sentimos uma emoção ruim, como podemos fazer para melhorar nosso estado de espírito?

d) Como você ajudaria alguém que está se sentindo com raiva ou tristeza?

A saúde é um dom que recebemos! Cuidar do corpo e da alma é ter uma vida saudável e feliz!

Ter saúde é estar bem, é brincar, correr e estudar com alegria e prazer!

Ilustrações: Claudia Marianno/Arquivo da editora

2 Complete as frases abaixo:

Para ter saúde, eu preciso ______________________________

____

____.

Para ser feliz, eu preciso ______________________________

____

____.

7 SOMOS IMPORTANTES

> Tanto a estes como àqueles agraciamos com as dádivas do teu Senhor; porque as dádivas do teu Senhor jamais foram negadas a alguém.
>
> **Alcorão sagrado**, Surata 17, versículo 20

Renato Soares/Pulsar Imagens

Ritual de passagem da Moça Nova, povo Ticuna na Aldeia de Vendaval na Terra indígena Évare I em São Paulo de Olivença (AM), em 2018.

Katiekk/Shutterstock

Muçulmanos durante Ayala, dança tradicional dos Emirados Árabes Unidos que representa a unidade e a cooperação dos povos. Foto de 2019.

Ricardo Teles/Pulsar Imagens

Devotos de religiões afro-brasileiras em celebração a Iemanjá, na Praia Grande, em São Paulo, 2019.

Robert Hoetink/Shutterstock

Judeus celebrando *Bar Mitzvah*, em Jerusalém, Israel, 2014. Nesse ritual, os meninos, ao completar 13 anos, são recebidos como membros maduros da comunidade.

Podemos imaginar o amor do Criador, que a todas as pessoas ama incondicionalmente! Todos os seres são importantes aos olhos do Criador.

incondicionalmente: sem limites, sem condições, completamente.

- Você concorda com o pensamento do livro sagrado dos muçulmanos, no alto da página? Por quê?

Ser diferente é normal

Todo mundo tem seu jeito singular
De ser feliz, de viver e de enxergar
Se os olhos são maiores ou são orientais
E daí, que diferença faz?

Todo mundo tem que ser especial
Em oportunidades, em direitos, coisa e tal
Seja branco, preto, verde, azul ou lilás
E daí, que diferença faz?

Já pensou, tudo sempre igual?
Ser mais do mesmo o tempo todo não é tão legal
Já pensou, sempre tão igual?
Tá na hora de ir em frente:
Ser diferente é normal!
Ser diferente é normal!
Ser diferente é normal!
Ser diferente é normal!

Todo mundo tem seu jeito singular
De crescer, aparecer e se manifestar
Se o peso na balança é de uns quilinhos a mais
E daí, que diferença faz?

Todo mundo tem que ser especial
Em seu sorriso, sua fé e no seu visual
Se curte tatuagens ou pinturas naturais
E daí, que diferença faz?

Rawpixel.com/Shutterstock

Já pensou, tudo sempre igual?
Ser mais do mesmo o tempo todo não é tão legal
Já pensou, sempre tão igual?
Tá na hora de ir em frente:
Ser diferente é normal

Ser diferente é normal, de Vinicius Castro. Disponível em: <https://lunetas.com.br/musicas-infantis-sobre-ser-diferente/>. Acesso em: 19 fev. 2020.

1 Converse com o professor e os colegas sobre a letra de canção que vocês leram. Vocês concordam com o que dizem os versos da canção?

2 Você acha que existe preconceito por causa das diferenças entre as pessoas?

Você já sabe que os indígenas foram os primeiros habitantes do Brasil. Temos muito a aprender com as diferentes culturas indígenas. Para elas, muitas coisas são sagradas: as forças da natureza, a terra, o espírito das pessoas que já se foram.

Chico Ferreira/Pulsar Imagens

Ritual de casamento dos indígenas pataxós, em Porto Seguro, Bahia, 2019.

Com seus ritos, danças e músicas, os indígenas celebram casamentos, pedem chuva, enterram mortos, festejam vitórias. Para cada celebração, há ritos especiais.

Seus cultos e seus ensinamentos não são encontrados em livros sagrados, mas de geração em geração os indígenas passam oralmente seus saberes, sua cultura. E, em cada aldeia do país, procuram demonstrar que o transcendente está presente em tudo.

transcendente: superior, divino.

1 Observe a imagem dos Pataxó em uma celebração. Veja a diversidade de nossa gente! Converse com os colegas sobre a imagem.

2 O que acham que eles estão celebrando?

3 O que vocês sabem sobre o modo de vida dos indígenas que vivem no Brasil?

Atividades

1 Você já percebeu que à nossa volta há sempre pessoas diferentes? Cada uma tem seu modo de ser, de pensar e de se expressar!

Como conviver bem com tantas diferenças? Pense nisso e assinale as frases com **C** (certo) ou **E** (errado), de acordo com o seu modo de pensar.

- ☐ Aceito as pessoas como elas são, sem preconceito.
- ☐ Não preciso agradecer só porque alguém me fez um favor.
- ☐ Respeito as religiões diferentes da minha.
- ☐ Minha religião é a melhor de todas.
- ☐ Não faço brincadeiras de mau gosto com os colegas.
- ☐ É bobagem elogiar um bom exemplo ou um sorriso.

- Agora, conte aos colegas suas respostas e justifique as escolhas.

2 Pinte de **verde** as estrelas que indicam virtudes importantes para uma boa convivência.

- Simplicidade e vontade de amar.
- Orgulho e egoísmo.
- Desejo de tornar o outro feliz.
- Desonestidade e maldade.
- Preconceito contra as pessoas diferentes.
- Amizade e desejo de fazer o bem.
- Capacidade de aprender e perdoar.

3 Observe abaixo algumas manifestações religiosas. Converse com os colegas sobre elas e descubram o que as imagens representam.

a)

Alamy/Fotoarena

b)

Sergio Pedreira/Pulsar Imagens

c)

Thomaz Vita Neto/Pulsar Imagens

4 O povo oglala faz parte da etnia dakota, um povo indígena das Grandes Planícies da América do Norte. Eles integram uma confederação de sete tribos siouxs. Leia o texto e observe a imagem do chefe Cavalo Americano, o Jovem, em fotografia de 1900.

J.A. Anderson/Library of Congress, USA

Quando compreendermos profundamente a verdade dos nossos corações saberemos louvar, amar e agradecer ao Grande Espírito.

Provérbio oglala sioux

- Em dupla, converse sobre como vocês entenderam a mensagem do povo oglala.

a) Para vocês, o que significa "compreender a verdade do coração"?

b) E "agradecer ao Grande Espírito"?

c) Que mensagem vocês dariam aos colegas de classe? Escreva abaixo.

Saiba mais

A perseverança nos faz vencedores!

Um bom exemplo de perseverança são os atletas que participam dos Jogos Parapan-Americanos, um grande evento multiesportivo internacional para atletas com deficiências, que, com muita garra, se destacam em várias modalidades.

Em 2019, os jogos foram realizados em Lima, capital do Peru, de 22 de agosto a 1º de setembro. O Brasil foi o grande vencedor, conquistando 124 medalhas de ouro, 99 medalhas de prata e 85 de bronze.

Daniel de Faria Dias é o principal atleta paralímpico da natação brasileira. Ele recebeu sua 33ª medalha de ouro em 2019. Sua missão, segundo ele, é "buscar a evolução diariamente, ser um atleta melhor, uma pessoa melhor e mostrar o valor da pessoa com deficiência".

Reprodução/Instagram

Daniel de Faria Dias com a medalha de ouro conquistada em Lima, no Peru, nos Jogos Parapan-Americanos de 2019.

Em agosto de 2019, o medalhista paralímpico e campeão mundial Lauro Chaman conquistou o bicampeonato da Copa do Mundo de Paraciclismo, em prova disputada no Canadá.

Buda Mendes/Getty Images

Lauro Chaman nasceu com um dos pés virados para trás e perdeu os movimentos do tornozelo após a cirurgia feita para corrigir a condição. Na foto, o atleta em competição no Rio de Janeiro, em 2016.

Esses e muitos outros atletas transformaram dificuldades em desafios e são grandes exemplos de superação e perseverança para todos nós!

Empatia, solidariedade e cooperação

Cooperação e ajuda mútua acontecem bastante no mundo animal. Você já ouviu falar da relação entre o pássaro-palito e o crocodilo?

O crocodilo deixa a boca aberta para que o pássaro--palito entre e se alimente dos restos de alimento que ficam entre seus grandes dentes. O réptil deixa o passarinho em paz, pois, dessa forma, fica livre dos incômodos restos de comida entre seus dentes.

Há também aves que se alimentam de carrapatos que se agarram na pele de capivaras, bois e búfalos, por exemplo. Enquanto eles se livram dos parasitas, as aves se alimentam.

Fabio Colombini/Acervo do fotógrafo

Pássaro-preto alimentando-se de parasitas presentes no pelo de uma capivara. Mato Grosso, 2017.

Mesmo sendo bem diferentes, os animais também se ajudam.

1 Você conhece outros fatos semelhantes no reino animal? Em dupla, pesquisem e registrem-nos em uma folha avulsa. Depois compartilhem com o restante da turma o que descobriram.

2 Que lição podemos aprender com esses exemplos de cooperação entre animais diferentes?

Com os seres humanos não é tão diferente; cada pessoa é única e possui seus próprios talentos. Como você já sabe, para conviver em harmonia, precisamos ouvir atentamente, colaborar e aceitar as diferenças.

Uma maneira de ficar bem com todos é tratar os outros como gostaríamos de ser tratados.

Não devemos ter preconceitos. Devemos entender que pessoas diferentes podem se unir para se ajudar.

Cada um, à sua maneira, pode contribuir muito com os outros, basta se dedicar.

Don Smetzer/Getty Images

3 Ainda em dupla, liste abaixo três talentos do seu colega e, depois, conversem sobre os talentos de vocês.

....

4 Observe as cenas abaixo e escreva como você agiria em cada caso.

Ilustrações: Claudia Marianno/Arquivo da editora

....

....

....

....

8 FÉ, A LUZ DO MUNDO

> Tua palavra é lâmpada para meus pés e luz para meu caminho.
>
> **Salmo 119, 105**

Uma luz a nos guiar

Numa noite, uma menininha e seu pai estavam caminhando por uma estrada do interior. Era o tipo de noite em que a Lua e as estrelas se escondem por trás das nuvens. A menina levava uma lanterna que iluminava o caminho por onde iam andando, mas, além do facho de luz, tudo era escuridão. Ora viam-se os vultos sombrios das árvores e dos arbustos à beira da estrada, ora não havia nada exceto a vastidão dos campos.

— Estou com medo — disse a menininha.

— Por quê? — perguntou o pai.

— Porque a luz só mostra um pedaço do caminho — ela respondeu. — Todo o resto está escuro.

Claudia Marianno/Arquivo da editora

— É verdade — disse o pai. — Mas se continuarmos andando, a luz seguirá conosco e nos ajudará a ver para onde estamos indo até o fim da nossa jornada.

E, sem dúvida, a luz os manteve na estrada. Pouco a pouco, passo a passo, foi lhes mostrando o caminho até que chegaram em casa sãos e salvos.

A nossa fé é como uma luz que podemos carregar conosco. Ela nos dá coragem e nos ajuda a encontrar o nosso caminho na vida. Não nos mostra tudo que queremos saber, mas nos leva adiante, um passo de cada vez. Quando temos fé, talvez só consigamos ver um pedaço do caminho adiante, mas também sabemos que Deus nos dará luz suficiente para toda a jornada.

O livro da fé para crianças, de William J. Bennett. Rio de Janeiro: Nova Fronteira, 2002. p. 71.

- Depois de ler o conto, converse com o colega ao lado e diga o que mais chamou sua atenção e por quê.

Claudia Marianno/Arquivo da editora

Atividades

1 Após ler o conto, complete:

A nossa fé é como uma .... que ....

carregar conosco.

Ela nos dá .... e nos ajuda a

.... nosso caminho.

Muito do que fazemos está ligado à nossa ....

Fé é ter ...., é acreditar.

2 Assinale com um **X** as cenas que representam fé e coragem.

☐

☐

☐

Ilustrações: Claudia Marianno/Arquivo da editora

3 Cada religião tem diferentes maneiras de praticar a fé e louvar o Criador.

Observe as imagens e contorne a cerimônia ou o ritual que mais se parece com o da religião que você pratica.

Serkant Hekimci/Shutterstock

Cerimônia em templo budista em Kyoto, no Japão, 2015.

Shutterstaken/Shutterstock

Culto católico na Igreja de San Firenze, em Florença, na Itália, 2015.

Atosan/Shutterstock

Judeus em oração diante do Muro das Lamentações, em Jerusalém, Israel, 2018.

Ismar Ingber/Pulsar Imagens

Meninas evangélicas leem a Bíblia em culto no Rio de Janeiro, 2007.

Casa nayafana/Shutterstock

Muçulmanos orando e lendo o Corão em cerimônia em Meca, na Arábia Saudita, 2019.

Sergio Pedreira/Pulsar Imagens

Cerimônia em terreiro de candomblé, em Lauro de Freitas, Bahia, 2014.

Livros sagrados

A fé é uma virtude muito ligada ao cristianismo, mas não é um privilégio de quem acredita em Jesus Cristo.

Maffi/Shutterstock

Alcorão, livro sagrado do islamismo.

Todas as pessoas religiosas cultivam a virtude da fé. É como uma força que nos leva a acreditar em um ser superior, que nos protege e nos ajuda a perceber que não estamos sós e que somos capazes de trilhar o bom caminho.

Todas as religiões têm um jeito próprio de fazer renascer a fé e de colocá-la em prática. Para isso, os fiéis orientam-se por escritos sagrados que guardam os ensinamentos de sua crença.

A Bíblia é o livro sagrado dos cristãos. Compõe-se de duas grandes partes: o Antigo Testamento, que conta histórias como a criação do mundo e os ensinamentos dos profetas, e o Novo Testamento, cuja parte principal consiste nos quatro Evangelhos, que narram a vida de Jesus Cristo. Os Evangelhos foram escritos por Mateus, Marcos, Lucas e João.

O Corão, ou Alcorão, é o livro sagrado dos muçulmanos. Segundo a tradição, traz a palavra de Alá (Deus) revelada diretamente ao profeta Maomé.

A Torá é o texto sagrado do judaísmo, composta dos primeiros cinco livros da Bíblia hebraica (chamada pelos cristãos de Antigo Testamento). Esses livros são: Gênesis, Êxodo, Levítico, Números e Deuteronômio.

O Tripitaca é o livro que contém uma compilação dos muitos ensinamentos budistas.

O livro dos espíritos, *O livro dos médiuns*, *O evangelho segundo o espiritismo*, *O céu e o inferno* e *A gênese* são livros próprios dos seguidores do espiritismo. Allan Kardec codificou a doutrina espírita, e suas obras são lidas para o aperfeiçoamento individual.

codificou: reuniu os textos sobre determinado assunto.
compilação: reunião de textos, coleção.

Muitas outras doutrinas religiosas não seguem textos sagrados, pois suas tradições e ensinamentos são transmitidos oralmente. Isso acontece nas crenças indígenas, no candomblé e na umbanda, por exemplo.

- Você conhece algum desses livros sagrados? Qual?

Dias de oração

Cada religião tem seu dia de louvor ao Criador. Para os cristãos, o domingo é considerado o Dia do Senhor porque Jesus Cristo ressuscitou no domingo – o primeiro dia da semana –, inaugurando a nova aliança entre Deus e a humanidade. Aos domingos, sacerdotes celebram missas e pastores falam aos fiéis sobre os textos da Bíblia.

inaugurando: dando início; estabelecendo.

Os judeus consagram a Deus o sábado, e o santificam por ser o dia em que o Senhor descansou da obra da criação. Nesse dia, o rabino orienta os judeus e os ajuda a compreender os ensinamentos da Torá.

Os muçulmanos dedicam a sexta-feira a Alá porque é o dia em que o primeiro homem, Adão, foi criado. Às sextas-feiras, o imã, ou imame, orienta os muçulmanos lendo textos do Alcorão.

Muitas outras tradições religiosas dedicam um dia da semana à oração, reservando ao fiel um momento para reavivar sua fé e refletir sobre os ensinamentos de sua crença. Nesse dia, glorificam a divindade, rezam, fazem oferendas de agradecimento e pedidos.

1 Converse com os colegas sobre esse assunto. Troquem ideias sobre o dia dedicado a Deus em cada família da turma.

2 Agora, faça um desenho mostrando como e onde você e sua família prestam louvor ao Criador.

Atividades

1 Aprendemos que as religiões têm seus dias de oração e seus livros sagrados, que orientam os cultos a suas divindades.

Crie uma história em quadrinhos representando o culto que você e sua família praticam.

2 Vários tipos de oração são feitos para agradecer, louvar e pedir bênçãos. Conheça alguns deles:

1

Oh Grande Espírito, cuja voz eu escuto nos ventos, e cuja respiração dá vida a todo o mundo, escuta-me: Preparai-me para ir até você... com as mãos limpas e os olhos corretos...

2

Senhor! Eu te agradeço, meu Pai, porque foste a sombra fresca que me cobriu durante todo este dia. Eu te agradeço porque, invisível, carinhoso e envolvente, cuidaste de mim como uma mãe, em todas essas horas.

3

Meu Pai Oxalá, neste dia que começa, venho pedir a paz, a alegria e seu grande axé! Reveste-me com a Vossa Luz e destrua as trevas que atravessarem meus caminhos.

4

Que estes alimentos sejam um remédio, uma cura, para meu corpo e mente, e que eu possa recebê-los em gratidão profunda, por todos os mestres ancestrais, por todos os seres iluminados, os guias e professores, por nossos pais e mães, avós, todos os seres que tornaram possível chegarmos até aqui. Gratidão e respeito à vida, que se manifesta em alimento que chega a mim.

- Agora, identifique cada oração e registre se é uma oração de louvor, agradecimento ou pedido.

☐ Oração da umbanda: ....

☐ Oração budista: ....

☐ Oração indígena: ....

☐ Oração cristã: ....

Saiba mais

Grupos religiosos no Brasil

Em nosso país há muita diversidade religiosa. Nós, brasileiros, somos acolhedores e convivemos com as escolhas dos outros com respeito. Dessa forma, buscamos viver em harmonia com todas as religiões.

Observe o gráfico a seguir, que mostra a quantidade de seguidores das principais religiões praticadas no Brasil, segundo dados do Censo de 2010.

Proporção de religiões (2010)

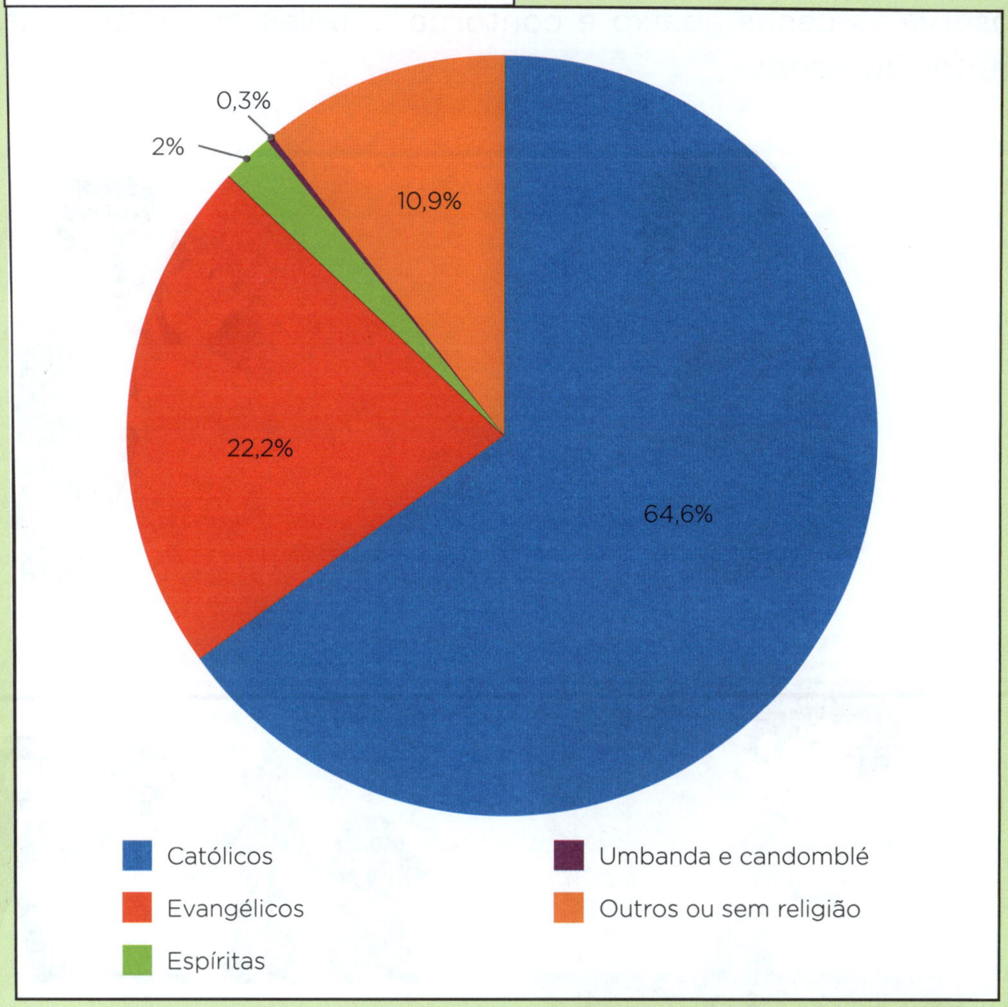

Banco de imagens/Arquivo da editora

Elaborado com base em IBGE. Disponível em: <https://censo2010.ibge.gov.br/noticias-censo?id=3&idnoticia=2170&view=noticia>. Acesso em: 25 fev. 2020.

Não importa o número de seguidores de cada religião: o valor está em seguir com fé, esperança, caridade e ter um coração sempre pronto para amar e perdoar.

O TEMA É...

Liberdade

Todo ser humano tem direito à vida, à liberdade e à proteção. Além disso, todas as pessoas têm o direito de escolher a própria religião, praticar e viver sua fé, sem sofrer preconceito ou penalidade por isso.

Todas as pessoas também têm direito de estudar, trabalhar e expressar suas opiniões.

1 Observe as cenas abaixo e contorne aquelas que representam os direitos humanos.

Ilustrações: Claudia Marianno/Arquivo da editora

2 Converse com os colegas sobre as cenas e explique qual delas representa um direito humano que não foi respeitado.

Leia o artigo 18 da Declaração Universal dos Direitos Humanos:

Claudia Marianno/Arquivo da editora

> Todo ser humano tem direito à liberdade de pensamento, consciência e religião; este direito inclui a liberdade de mudar de religião ou crença e a liberdade de manifestar essa religião ou crença, pelo ensino, pela prática, pelo culto e pela observância, em público ou em particular.

3 Reúna-se com dois colegas para conversar sobre o que vocês entendem do artigo destacado acima.

Registrem suas opiniões no espaço abaixo e, depois, leiam para a turma o que vocês escreveram.

UNIDADE 3

AS VIRTUDES DO SER HUMANO

Entre nesta roda

- O que deixa você feliz?
- Como podemos praticar justiça?
- Se você pudesse construir um mundo, como ele seria?

Nesta Unidade vamos estudar...

- Caminhos para a felicidade
- A virtude e a prática de bons hábitos
- Nossos direitos e deveres

Fernanda Monteiro/Arquivo da editora

9 SEGUIR UM CAMINHO

> Eu sou o caminho, a verdade e a vida.
> **João 14,6**

Viagem estrelada

Vou abrir minha janela,
vou subir pelas paredes,
vou correr no fio elétrico,
pegar carona com as nuvens;
vou pular de galho em galho,
escalar sete montanhas,
atravessar a floresta
no meio da noite escura;
planejar a minha rota,
desenhar o meu caminho,
descobrir o meu destino
no fundo do coração.
Depois vou seguir em frente
na direção do horizonte,
companheiro da alegria,
do prazer e da esperança,
levando, na mão direita,
a força do meu calor,
e na outra, com cuidado,
um bocadinho de amor.
Vou mais depressa que o tempo,
não posso perder um dia
nessa viagem estrelada.

Claudia Marianno/Arquivo da editora

Dezenove poemas desengonçados, de Ricardo Azevedo. 3. ed. São Paulo: Ática, 1999. p. 55.

- O que as crianças estão fazendo? Para onde elas caminham? O que você imagina que elas estão pensando? Converse com os colegas.

Caminhos para um mundo melhor

O Criador nos quer pessoas capazes de cultivar a vida, de abrir o coração e seguir sem medo de nos doar aos outros.

Esse é o caminho do amor, da esperança, do entusiasmo e da paciência.

Rawpixel.com/Shutterstock

Vamos acreditar na força do trabalho, do estudo e da boa convivência.

Vamos desenvolver virtudes para construir novos caminhos, em direção a um mundo melhor, de igualdade e justiça para todos.

As virtudes são qualidades positivas que todos nós temos. Elas nos ajudam a praticar o bem; são hábitos e modos de ser que nos levam para o caminho do bem.

Claudia Marianno/Arquivo da editora

- Quais virtudes você já conhecia? Qual acha mais importante? Existe alguma virtude que você conhece, mas não está na lista? Qual?

Caridade, principal caminho da vida cristã

A caridade se manifesta em todas as nossas relações com o próximo, pois vem do nosso desejo de fazer o bem.

Nas palavras do papa Francisco:

A caridade é o caminho principal da vida do cristão, como nos ensina Jesus, em Mateus 25,35-36.

Cada vez que fazemos uma destas coisas a um de nossos irmãos, é ao Senhor Jesus que o fazemos!

Giuseppe Cacace/Agência France-Presse

Papa Francisco é recebido por crianças em visita a campo de refugiados na República Centro-Africana, em 2015.

refugiados: pessoas que são obrigadas a deixar seu país de origem, em virtude de conflitos, guerras ou catástrofes naturais.

Vamos fazer uma lista de "atos de caridade" e praticá-los?

- Sorrir – alivia quem recebe o sorriso.
- Agradecer – receber tudo como um presente torna a pessoa mais feliz.
- Ouvir – prestar atenção ao que as pessoas dizem é uma maneira de valorizá-las.
- Tratar a todos como irmãos – somos todos filhos de Deus, criados à sua imagem.
- Ajudar – todos nós precisamos uns dos outros.

Durante uma visita a São Paulo, em 1981, Santa Teresa de Calcutá afirmou:

Seja caridoso por onde passar, deixe pegadas de luz, bondade e paz. Sinta a dor do próximo, seja sensível com a tristeza de seu irmão e procure ajudar quando puder, sem desejar recompensa.

1 Escolha um ato de caridade para você praticar na escola e em sua casa e escreva-o aqui.

....

2 Muitas pessoas praticaram e praticam atos de caridade. Para descobrir algumas delas, faça uma pesquisa em casa sobre Herbert de Souza, conhecido como Betinho, e Chico Mendes. No caderno, escreva um resumo sobre o que você descobriu.

Cuidar do corpo e do espírito

Nosso corpo é um presente que recebemos do Criador. Devemos escolher os caminhos que contribuem para cuidarmos dele. Mas como podemos cuidar desse presente?

sakkmesterke/Shutterstock

EU SOU MAURO.
TROCO DOCES E SALGADINHOS POR FRUTAS.

EU SOU ISA.
SEMPRE ESCOVO OS DENTES DEPOIS DAS REFEIÇÕES.

wavebreakmedia/Shutterstock

Pressmaster/Shutterstock

EU SOU RENAN.
FAÇO EXERCÍCIO ANDANDO DE *BIKE*.

E do espírito, como podemos cuidar?

Uma das maneiras de cuidar do espírito é trocar aquilo que não é bom por algo que promove o bem e a paz.

Veja o quadro abaixo e aprenda a trocar!

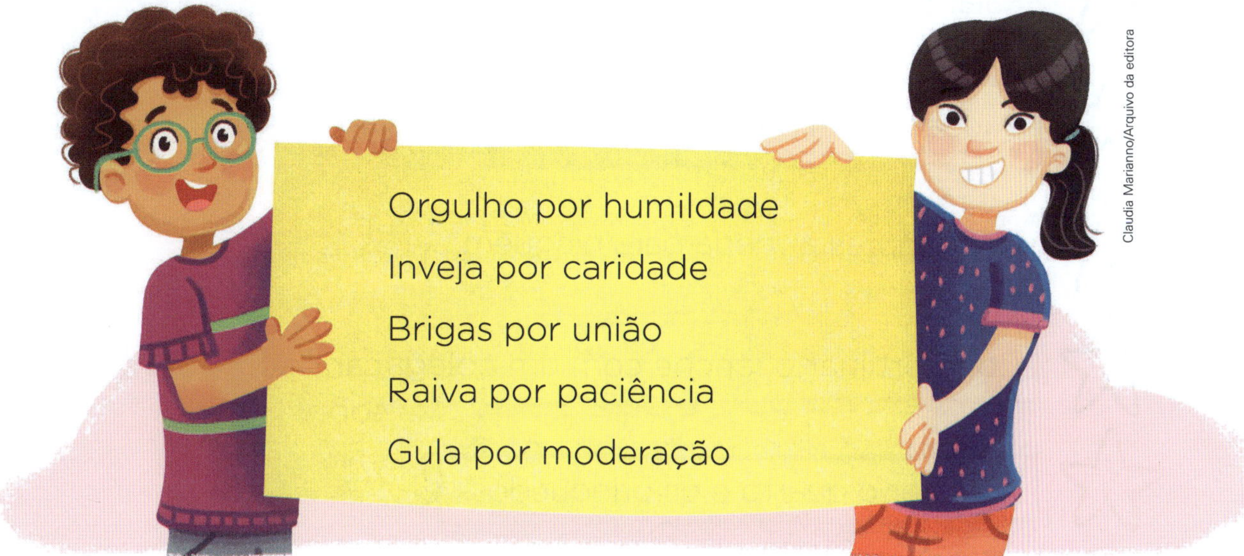

Claudia Marianno/Arquivo da editora

Atividades

1 Marque com **X** as atitudes que nos ajudam a seguir um bom caminho.

- [ ] Saber esperar a vez de falar.
- [ ] Exigir ser atendido em primeiro lugar.
- [ ] Tratar com carinho as pessoas mais velhas.
- [ ] Gritar para conseguir o que quer.
- [ ] Aprender todos os dias a viver a virtude da fé.
- [ ] Excluir do caminho a violência e a maldade.

2 Pinte de **azul** as estrelas que indicam atitudes positivas, que levam ao caminho do bem, e de **vermelho** as estrelas que indicam atitudes negativas, que atrapalham nossa caminhada.

Claudia Marianno/Arquivo da editora

- ☆ Viver a vida com entusiasmo.
- ☆ Desenvolver nossas virtudes e talentos.
- ☆ Falar mal dos outros.
- ☆ Ajudar quem precisa de ajuda.
- ☆ Não emprestar nada para ninguém.
- ☆ Compartilhar o lanche com um colega.
- ☆ Arrumar o quarto e os brinquedos.

3 Complete a cruzadinha com as palavras que fazem parte do caminho que devemos seguir.

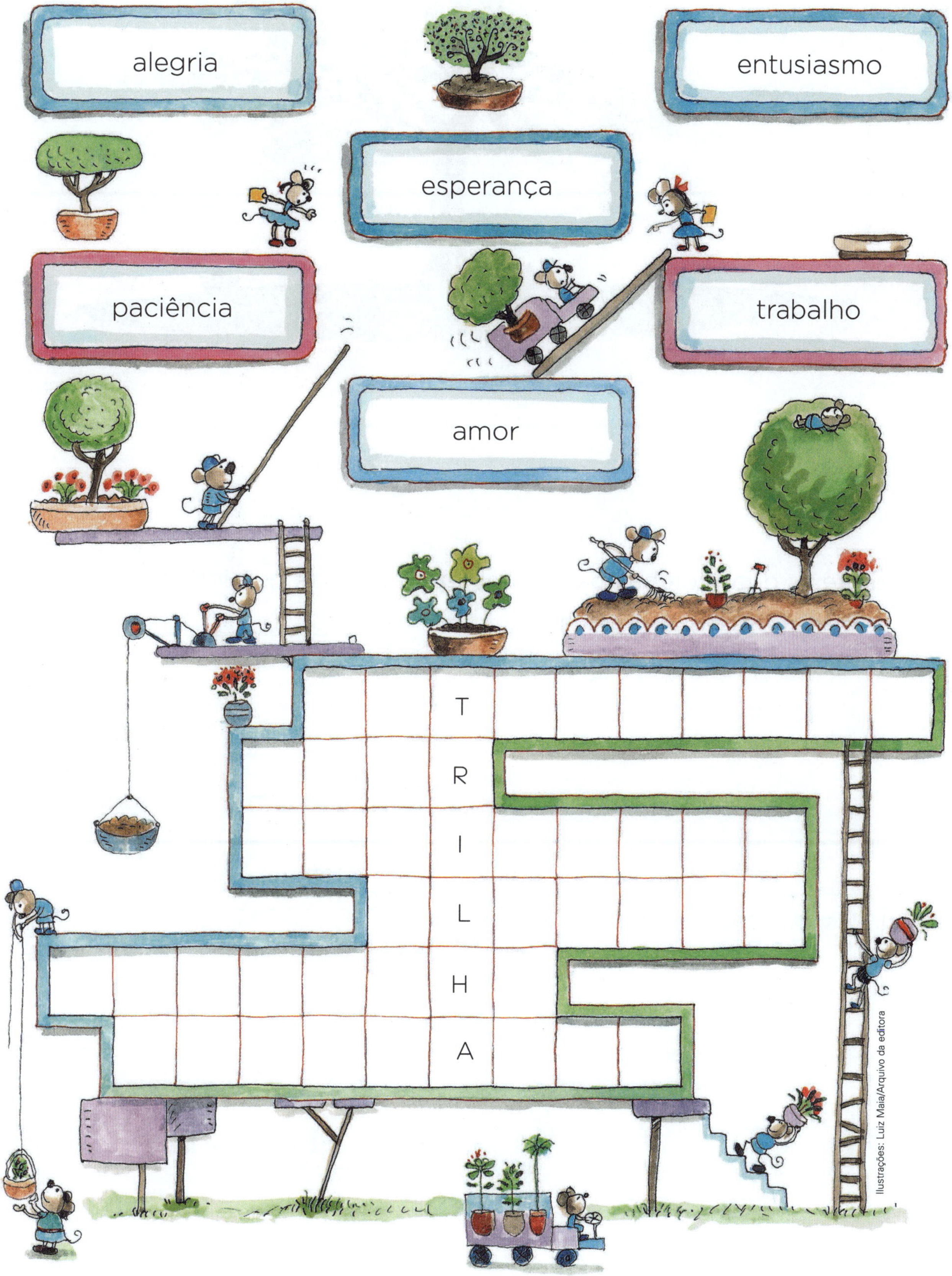

Ilustrações: Luiz Maia/Arquivo da editora

4 Escolha uma palavra da árvore das virtudes e faça uma frase com ela.

Claudia Marianno/Arquivo da editora

....

....

5 Ligue as duas colunas para completar as ideias que indicam as atitudes das pessoas caridosas.

Pessoas caridosas...

... são companheiras.

... não são companheiras.

... ajudam o próximo.

... não são amigas.

... fazem a diferença.

... acreditam no amor.

... não sabem colaborar.

... lutam pela paz.

- Escolha uma das boas ideias acima e diga como ela pode ser colocada em prática.

Saiba mais

Solidariedade: um encontro com o próximo

Muitas pessoas se dedicam a ações de solidariedade e têm como projeto de vida praticar as virtudes e levar alegria e esperança a quem precisa de ajuda.

Essas pessoas são chamadas de voluntários. Cada um deles tem sentimentos de simpatia e ternura pelos que sofrem. São pessoas que confortam, ajudam e consolam.

Todas elas doam tempo e energia para fazer o bem em diversas áreas, como educação, cultura, esporte, meio ambiente, etc.

Observe as imagens de alguns atos de solidariedade sendo praticados.

Voluntários vestidos de papai noel distribuindo presentes de Natal em escola de uma região carente da cidade de São Paulo, 2016.

Todas as noites, após a oração, voluntários indianos distribuem comida aos sem-teto no entorno de um templo sikh indiano em Manila, nas Filipinas, em 2014.

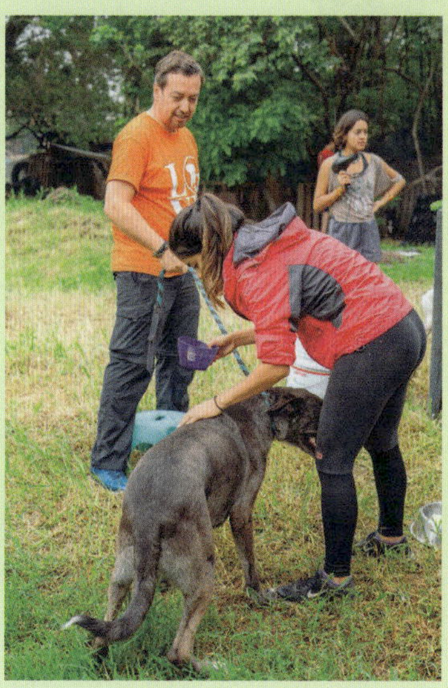

Voluntários de um abrigo para animais cuidam de cachorro abandonado em Guadalajara, no México, em 2019.

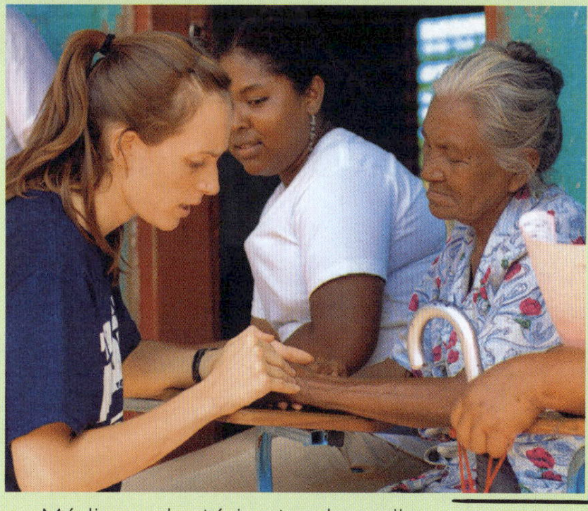

Médica voluntária atende mulher idosa na Nicarágua, em 2008.

VOCÊ EM AÇÃO

O valor da união

Quando nos unimos, podemos realizar muitas coisas!

Veja, nas imagens abaixo, o exemplo dos moradores do bairro Bosque de Versalles, em Araras, no estado de São Paulo, que se uniram para revitalizar uma praça.

Em conjunto, eles recolheram doações, arrecadaram pneus, tintas e mudas de flores para recuperar e redecorar o espaço público e fazer melhorias que trouxeram benefícios para todos os moradores da região.

Eles provaram que a união faz a força, quando cada um se doa e faz a sua parte!

Rosana Braga Sirino/Arquivo pessoal

Praça revitalizada pelos moradores no bairro Bosque de Versalles, em Araras, São Paulo, 2019. Ela foi decorada com plantas e pneus pintados (cheios de areia, para não acumular água).

1 Em seu bairro, você gostaria de fazer alguma mudança? Qual seria?

....

....

....

- Agora, compartilhe sua resposta com os colegas.

Você conhece os três macacos sábios? Sabe o que significam?

Thorsten Rust/Shutterstock

Os três macacos sábios esculpidos em pedra, em fachada de edifício em Sydney, na Austrália, em 2018.

Essa imagem representa o provérbio japonês "não veja o mal, não ouça o mal, não fale o mal", uma regra de ouro para promover a harmonia entre as pessoas.

Agora é sua vez!

2 No espaço abaixo, refaça o desenho, mostrando que você quer participar, vendo, ouvindo e falando sempre o bem!

10 EM BUSCA DA FELICIDADE

> Todas as vossas coisas sejam feitas por amor.
>
> **Provérbios 16,3**

Todas as pessoas buscam a felicidade. Mas o que é felicidade?

Será que é correr, brincar, estudar juntos?

Será que é ter casa, comida e cuidado? Ou ter água na torneira?

Será que felicidade tem significados diferentes para cada pessoa?

Ilustrações: Claudia Marianno/Arquivo da editora

- O que você pensa sobre a felicidade? Em dupla, converse sobre o tema.

A felicidade e o equilíbrio

Ser feliz depende muito da maneira como cada um de nós faz as escolhas do dia a dia. Por exemplo, quando alguém gosta muito de hambúrguer, pode ficar feliz ao comer um. Porém, se a pessoa comer dez, pode passar muito mal e aquilo ser motivo de tristeza.

Assim é na vida. Precisamos descobrir do que gostamos e encontrar o equilíbrio, para que sejamos felizes.

Além disso, todos nós podemos colaborar para que outras pessoas também sejam felizes. Dando um sorriso, um abraço, sendo educados e respeitando a todos, ajudando alguém que tem alguma dificuldade, partilhando um lanche, emprestando um brinquedo, doando uma roupa...

- Observe as imagens abaixo. Depois, converse com os colegas e respondam às questões.

Ilustrações: Claudia Marianno/Arquivo da editora

a) Quais imagens mostram cenas que não nos deixam felizes?

b) O que vocês acham que poderia ser feito para ajudar a resolver essas situações?

Lugares sagrados

Desde o início dos tempos as pessoas construíram lugares sagrados para manifestar sua devoção às divindades. Em todo o mundo, muitas pessoas buscam a felicidade e o sentido da vida nas manifestações do sagrado.

Enormes blocos de pedra dispostos em círculo formam o monumento chamado Stonehenge, erguido entre 5 mil e 3,5 mil anos atrás, na Inglaterra. Muitos historiadores acreditam que o conjunto era local de culto religioso.

PTZ Pictures/Shutterstock

Stonehenge, na Inglaterra.

Angkor Wat é um templo budista localizado no Camboja, no sudeste da Ásia. De grande significado religioso, foi construído por volta do ano 1130.

Guitar photographer/Shutterstock

Templo Angkor Wat, no Camboja.

A Grande Mesquita de Meca, considerada o maior centro de peregrinação do mundo, fica na cidade de Meca, na Arábia Saudita: é o lugar mais sagrado do islamismo.

REEDI/Shutterstock

Grande Mesquita de Meca, na Arábia Saudita.

peregrinação: jornada a lugares sagrados ou de devoção.

A cidade de Jerusalém, considerada sagrada pelos cristãos, judeus e muçulmanos, é local de importante visitação pelos seguidores dessas religiões.

NOWAK LUKASZ/Shutterstock

Vista de parte da cidade de Jerusalém, em Israel.

A Basílica Santuário Nacional de Nossa Senhora da Conceição Aparecida é um templo religioso católico localizado em Aparecida, no interior do estado de São Paulo.

Rodrigo Fernandes/Shutterstock

Ao fundo, a Basílica Santuário Nacional de Nossa Senhora da Conceição Aparecida, e, à frente, a longa passarela que dá acesso a ela. Aparecida, São Paulo, 2020.

A própria natureza, lugar sagrado para os indígenas, reflete o amor do Criador por todas as criaturas. Em todos esses lugares, e em muitos outros, na diversidade das tradições religiosas, as pessoas vivem a felicidade de reverenciar o Ser superior no qual acreditam.

Rafael Serathiuk/Getty Images

Cachoeira Santa Barbarinha localizada no Parque Nacional da Chapada dos Veadeiros, no município de Cavalcante, no estado de Goiás. O parque foi considerado patrimônio natural da humanidade em 2001 pela Unesco.

reverenciar: louvar; prestar homenagens.

1 Você conhece algum lugar de peregrinação? Qual?

2 Se você já participou de uma peregrinação ou visitação a um lugar sagrado, conte aos colegas como foi a sua experiência.

Atividades

1 Ordene as sílabas e descubra palavras que representam boas atitudes e podem gerar felicidade.

TI	PAR	LHA	
ZA	A	MI	DE
RI	NHO	CA	
TO	PEI	RES	

2 Observe as imagens e depois transcreva a frase que corresponde a cada cena.

Somos felizes quando...

... vistamos uma pessoa doente. ... oramos.
... ajudamos ao próximo.

CGN089/Shutterstock

FatCamera/E+/Getty Images

E+/Getty Images

3 Faça a atividade *O que é sagrado para mim?* da **página 11** do **Caderno de criatividade e alegria**.

Saiba mais

Ajudar faz bem ao coração

Nossa felicidade também depende muito de nossa dedicação aos outros. Fazer bem ao próximo faz bem a nós mesmos. Amor, solidariedade, compaixão e bondade promovem a boa disposição e a felicidade. Sem esperar nada em troca, existem voluntários que levam alegria e felicidade às pessoas.

Doutores da Alegria é uma organização que se dedica a alegrar as pessoas que estão hospitalizadas, principalmente crianças. Seus membros se vestem de palhaço e percorrem os hospitais, ajudando crianças, adolescentes, adultos e idosos a se recuperar das doenças com alegria, humor e diversão.

Vivi Zanatta/Agência Estado

Um "doutor da alegria" durante inauguração da brinquedoteca em hospital de São Paulo (SP), em 2004.

Os **Amigos do Bem**, que hoje realizam projetos educacionais que movimentam a vida de mais de 75 mil pessoas nos estados de Alagoas, Ceará e Pernambuco, surgiram de uma iniciativa de um grupo de amigos que levava às famílias do Sertão nordestino roupas, alimentos e atendimento médico e odontológico. Eles atuam em diversas áreas a fim de promover uma transformação efetiva na vida dos milhares de pessoas atendidas.

Muitos outros voluntários, no Brasil e no mundo, buscam ajudar as pessoas nas mais diversas situações.

Você já pensou quanta gente nesse mundo precisa de ajuda? Observando o que dizem os livros sagrados e nossa Constituição, vamos todos ser voluntários do bem!

Cassandra Cury/Pulsar Imagens

Amigos do Bem distribuem roupas e alimentos para moradores de Buíque, Pernambuco, 2014.

O TEMA É...

Trabalho e felicidade

Ter objetivos bem definidos dá sentido à existência. Levar uma vida vazia, sem propósito, nos deixa infelizes.

Nesse momento da vida, estudar é seu objetivo. É hora de aprender, de desenvolver plenamente seus dons e talentos.

Ilustrações: Claudia Marianno/Arquivo da editora

1 Você acha importante ter um trabalho? Por quê?

2 Quando você crescer, no que deseja trabalhar?

3 Em casa, faça uma entrevista com um adulto da família. Anote as respostas e depois complete o quadro.

Nome e idade	
Profissão	
O que você faz no seu trabalho?	
Você gosta do que faz?	
Por que escolheu esse trabalho?	

4 Observe a imagem e leia a legenda. Depois, responda às questões.

Operários. Óleo sobre tela de Tarsila do Amaral, 1933.

a) Você já conhecia essa pintura? O que significa o título?

b) Para você, o que essa pintura representa?

c) Qual é a expressão das pessoas?

d) Além das pessoas, o que mais a artista representou?

Quem é?

Tarsila do Amaral (1886-1973), nascida no interior do estado de São Paulo, filha de fazendeiros, estudou pintura na França desde 1920. Quando voltou ao Brasil, atuou como figura central do Movimento Modernista no país.

11 CRIANÇAS CONSTRUINDO

Entrega ao Senhor o teu caminho, espera nele, e ele agirá.

Salmo 37(36),5

Construir algo significa juntar todos os materiais necessários e trabalhá-los para formar o que se deseja.

Ilustrações: Claudia Marianno/Arquivo da editora

Toda criança constrói coisas boas quando estuda, aprende, colabora, brinca, é carinhosa, amiga e sabe partilhar.

- Na sua opinião, o que mais ajuda você a construir coisas boas? Converse com os colegas.

Construir com responsabilidade

Será que cada pessoa pode fazer tudo o que quer? O que você acha?

Há coisas que podemos fazer, mas não devemos fazer.

É preciso respeitar os outros, porque o espaço é de todos.

Observe as placas. Elas nos dizem como devemos agir em diversas situações e lugares.

Ilustrações: Claudia Marianno/Arquivo da editora

Na escola também temos regras a cumprir.

Temos hora para entrar e hora para sair.

Temos hora de lanchar, brincar e estudar.

1 Pense e responda: Para você, o que é ser responsável?

2 Reúna-se com seus colegas e criem cinco placas de boa convivência na sala de aula.

Construir com fé

A amizade com o Criador pode ser construída de muitos jeitos diferentes. Isso depende da religião que seguimos, do lugar em que moramos, dos costumes da família...

Posso orar em templos, mesquitas, sinagogas, igrejas e na natureza.

Posso pintar meu corpo como as crianças de Omo, na Etiópia, ou como os indígenas do Brasil; posso usar enfeites e tatuagens.

Posso usar máscaras, cantar, dançar e louvar.

De todas as formas, posso construir minha amizade com o Criador.

Dietmar Temps/Shutterstock

Crianças pintadas para cerimônia em Omo, na Etiópia, 2017.

Cassandra Cury/Pulsar Imagens

Legenda

Terra Adentro/Shutterstock

Máscara antiga feita por indígenas que viveram na região que hoje é o México.

1. Como devemos nos comportar em lugares sagrados?

2. Como você reza e conversa com o Criador?

3. Em casa, com a ajuda de seus familiares, pesquise o significado de animais em culturas indígenas. Escolha um animal e confeccione uma máscara. Na data combinada com o professor, traga a máscara para a classe e apresente aos colegas o que descobriu.

Atividades

1 O amor é o segredo para o mundo ficar melhor.

Tornar o mundo melhor pode ser difícil... Mas nem tanto assim!

Faça um desenho para representar cada uma das atitudes a seguir.

Eu posso...

... com gestos ajudar.

... com flores enfeitar.

... com sorrisos alegrar.

... com livros ensinar.

Luiz Maia/Arquivo da editora

2 Leia o texto.

Passarinho construtor

Brincando e saltando na beira do rio
O joão-de-barro faz bolinhas de barro
Que carrega pra lá e pra cá.

Depois voa até o mais alto galho
de uma bela árvore frondosa
e olha a água límpida a correr.

De novo volta a amassar o barro
Fazendo bolinhas
Que leva até um galho bem alto.

Assim o joão-de-barro
Constrói com capricho sua casinha
Que todos os pássaros vêm admirar

E logo chegam outras famílias
Para construir seus ninhos
Nos galhos vizinhos.

E a árvore, antes tão sozinha,
Fica feliz com a companhia
e a cantoria de toda a passarada!

Texto elaborado pelas autoras especialmente para esta obra.

Luiz Maia/Arquivo da editora

- Agora, **responda às** questões:

a) E você, o que construiria para o mundo ficar melhor?

....

....

b) Em sua opinião, por que a árvore ficou feliz?

....

....

....

c) Você sabe como é a casinha do joão-de-barro?

....

....

d) Você acha que uma amizade também pode ser como uma casinha de joão-de-barro? Justifique sua resposta.

....

....

....

3 Marque os quadrinhos que mostram que você colabora na construção de um mundo melhor.

Estou me transformando, meu corpo muda... Meu coração também. Quero ajudar a construir o mundo com:

☐ amor. ☐ egoísmo. ☐ respeito. ☐ amizade.

Todos os povos buscam a paz

A paz só pode ser alcançada por meio da esperança e dos esforços humanos. O caminho para a não violência requer respeito à diversidade de culturas e de religiões. Para desenvolver uma cultura de paz, precisamos adotar atitudes de boa convivência em nosso dia a dia.

Paz é sinal de amizade, tranquilidade. Promover a paz é ver os outros como iguais a nós, com seus desejos, tristezas e vitórias. É não desejar o mal, não guardar rancor, sempre perdoar e respeitar as diferentes religiões e o modo de pensar de cada um.

São Francisco de Assis (1181-1226) foi um frade católico italiano que dedicou a vida aos pobres e doentes, amou todas as criaturas e exaltou as maravilhas da criação. Sua vida é um exemplo para nós, que também podemos ser instrumentos de paz com nossas atitudes, palavras, comportamentos.

- Com o professor e os colegas, leia a oração de São Francisco de Assis.

Senhor, fazei de mim um instrumento de tua paz.
Onde houver ódio, que eu leve o amor;
Onde houver ofensa, que eu leve o perdão;
Onde houver discórdia, que eu leve a união;
Onde houver dúvida, que eu leve a fé;
Onde houver erro, que eu leve a verdade;
Onde houver desespero, que eu leve a esperança;
Onde houver tristeza, que eu leve a alegria;
Onde houver trevas, que eu leve a luz.
Ó Mestre, fazei que eu procure mais
Consolar, que ser consolado;
Compreender, que ser compreendido;
Amar, que ser amado.
Pois é dando que se recebe,
É perdoando que se é perdoado,
E é morrendo que se vive para a vida eterna.

Claudia Marianno/Arquivo da editora

Saiba mais

Arte sacra

Chamamos de arte sacra (arte sagrada) toda arte que se destina a promover nos fiéis atitudes religiosas ou que serve para ser usada no culto divino.

Em muitas religiões, a arte em suas várias linguagens e expressões - pintura, vitral, escultura, música, canto - contribui para despertar a devoção e aproximar os fiéis do sagrado e do transcendente.

As obras de arte sacra contam a história social e cultural de cada religião.

As imagens de santos, os vitrais e os objetos feitos para o culto fazem parte da arte sacra.

A música que nos sensibiliza e toca nosso coração em um culto também é arte sacra, assim como os objetos utilizados nas cerimônias religiosas, como o cálice e as vestes do sacerdote.

Pack-Shot/Shutterstock

Vitrais na Catedral de Metz, na França, pintados pelo artista Marc Chagall.

edusma7256/Shutterstock

Vitrais criados pela artista Marianne Peretti na Catedral de Brasília.

VOCÊ EM AÇÃO

Quem está certo?

Diz uma lenda que Buda costumava contar o conto abaixo para seus discípulos. Leia-o com atenção.

Os cegos e o elefante

Era uma vez seis amigos, todos cegos, que moravam na Índia – terra dos maiores animais da Terra, os elefantes. Naturalmente, sendo cegos, os amigos não tinham a menor ideia de como era um elefante.

Um dia, estavam sentados, conversando, quando escutaram um grande urro.

– Acho que está passando um elefante pela rua – disse um deles.

– Então, é nossa chance de descobrir que tipo de criatura é esse tal de elefante! – disse outro.

E foram todos para a rua.

O primeiro cego esticou o braço e tocou na orelha do elefante.

– Ah! – disse para si mesmo –, o elefante é uma coisa áspera, espalhada. É como um tapete.

O segundo cego pegou na tromba.

"Agora entendo", pensou. "O elefante é uma coisa comprida e redonda. É como uma cobra gigante."

O terceiro cego pegou uma perna do elefante.

– Bom, eu jamais iria adivinhar! – espantou-se. – O elefante é alto e forte, igual a uma árvore.

O quarto cego pegou ao lado da barriga do elefante.

"Agora eu sei", pensou. "O elefante é largo e liso, como uma parede."

Barbara McClintock/https://ensinarhistoriajoelza.com.br

O quinto cego colocou a mão numa das presas.

– O elefante é um animal duro, pontudo, como uma lança – decidiu ele.

O sexto cego pegou no rabo do elefante.

– Ora, ora! – decepcionou-se. – Pode urrar bem forte, mas esse tal de elefante é apenas uma coisinha igual a uma cordinha fina!

Em seguida, sentaram-se juntos novamente, para conversarem sobre o elefante.

– Ele é áspero e espalhado, como um tapete! – disse o primeiro.

– Não, nada disso; ele é comprido e roliço, como uma cobra – disse o segundo.

– Não fale uma bobagem dessas! – riu o terceiro. – Ele é alto e firme, como uma árvore!

– Ah, nada disso – resmungou o quarto. – Ele é largo e liso, como uma parede.

– Duro e pontudo, como uma lança! – gritou o quinto.

– Fininho e comprido, como uma cordinha! – berrou o sexto.

E aí começaram a brigar. Cada um insistia que tinha razão. Afinal, não o haviam tocado com as próprias mãos?

O dono do elefante ouviu a gritaria e chegou perto para ver que confusão era aquela.

– Cada um de vocês está certo, mas cada um de vocês está errado também – falou ele. – Um homem sozinho não consegue saber toda a verdade, só uma pequena parte. Porém, se trabalharmos juntos, cada um contribuindo com a sua parte para a formação do todo, aí sim poderemos obter sabedoria.

O livro das virtudes II: o compasso moral, de William J. Bennett. Rio de Janeiro: Nova Fronteira, 1996. p. 175-177.

- Organizem um debate sobre o conto que leram, procurando responder às questões:

  a) Quais são os personagens do conto?

  b) O que os cegos queriam descobrir?

  c) Os cegos eram pessoas humildes? Justifique sua resposta.

  d) Como os cegos poderiam ter agido para descrever o elefante?

  e) Qual foi a conclusão do dono do elefante?

  f) Que mensagem esse conto transmite?

  g) Em quais situações a mensagem desse texto pode ajudar no dia a dia?

12 IGUALDADE E JUSTIÇA

> Deus aceita a todos que o temem e fazem o que é direito, seja qual for a sua raça.
>
> **Atos dos Apóstolos 10,35**

Para vivermos em harmonia, é preciso compreender que todos somos cidadãos, iguais perante as leis e perante o Criador.

Você sabe o que é ser cidadão? Vamos ler o poema abaixo, sobre cidadania.

Cidadania

Eu sou uma cidadã
Como todo mundo é,
Com direitos e deveres
A gente sabe o que quer.

Os valores foram feitos
Para serem respeitados,
Na nossa pátria querida
Com muito amor e carinho.

A família nos ensina
A respeitar nossos irmãos,
Na escola aprendemos
O que é ser cidadão.

Praticando o amor,
Praticando a amizade,
Vamos ter muito valor,
Melhorar a sociedade.

Ilustrações: Claudia Marianno/Arquivo da editora

Trechos de um poema escrito por alunos da Escola Municipal de Ensino Fundamental Paula Martins Pereira, em Areias de Palhocinha, Garopaba, SC. Disponível em: <http://emareiaspalhocinha.blogspot.com/2010/09/poesia-sobre-o-tema-cidadania.html>. Acesso em: 5 dez. 2019.

- Converse com os colegas e diga como você entendeu o que é cidadania.

Somos todos iguais perante Deus e perante a lei.

Atitudes positivas de respeito, cuidado e tolerância nos levam a viver com justiça e igualdade, sem excluir ninguém.

Algumas pessoas têm deficiência auditiva, o que significa que tiveram perda parcial ou total da audição. Essa perda pode ser causada por numerosos fatores, como exposição a ruído, infecções e traumas físicos. Em alguns casos, a pessoa com deficiência auditiva consegue ouvir sons com a ajuda de um aparelho especial.

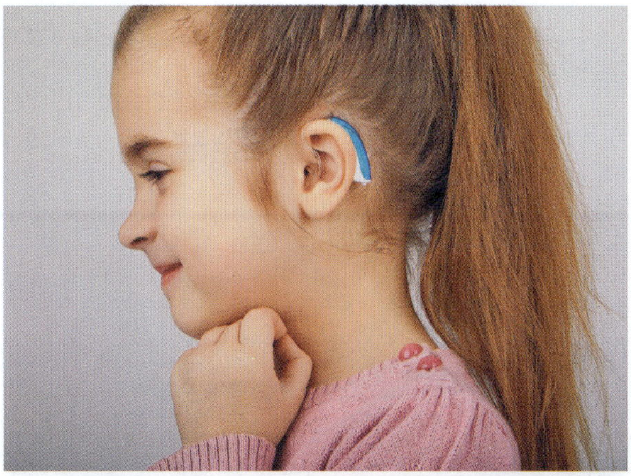
krolya25/Shutterstock

Para auxiliar pessoas surdas (surdez profunda) ou com deficiência auditiva (surdez leve ou moderada) existe a Língua Brasileira de Sinais (Libras), utilizada pela comunidade surda. Para conversar em Libras não basta conhecer os sinais, é necessário saber combiná-los em frases.

As crianças com deficiência visual também podem ler e escrever, desde que isso seja feito em braille. Observe a foto ao lado, em que o menino está usando uma máquina de escrever em braille.

Alamy/Fotoarena

Menino com deficiência visual brincando com máquina de escrever em braille no Centro de aprendizagem para crianças cegas na Califórnia, Estados Unidos, em 2012.

Quando há amor, não existe preconceito. Escolhendo aceitar as diferenças, sejam elas culturais, físicas ou religiosas, o mundo será mais justo e encontraremos a paz.

1 Você sabe o que é braille? Faça uma pesquisa e depois conte aos colegas o que você descobriu.

2 Você concorda que somos todos iguais? Justifique sua resposta.

3 O que acontece quando os nossos direitos não são respeitados?

Atividades

1 Por falta de amor e justiça, acontecem muitas situações que não agradam ao nosso olhar nem ao nosso coração!

Observe as imagens e depois relate por escrito o que você sente diante das cenas apresentadas.

Tarcisio Schnaide/Shutterstock

Pilhas de troncos de madeira retirados da Floresta Amazônica.

Adriano Vizoni/Folhapres

Pacientes nos corredores de hospital em Aracaju, Sergipe, 2017.

Danilo Verpa/Folhapress

Pessoas enfrentam uma longa fila em busca de oportunidades de trabalho, em mutirão de emprego realizado na cidade de São Paulo, 2019.

2 Leia o texto a seguir. Depois complete os quadrinhos com alguns de nossos direitos.

Somos bilhões de seres humanos na Terra.

Somos diferentes pelas atividades, modo de vida, etnia e religião, mas todos temos os mesmos direitos.

a) Todos precisam ir à escola, ou seja, receber:

b) Cada pessoa pode escolher suas crenças, isto é, sua:

Ilustrações: Luiz Maia/Arquivo da editora

c) Ninguém deveria passar fome, porque todos têm direito a:

d) As crianças não devem trabalhar. Criança tem o direito de estudar e:

e) Nada melhor do que uma casa segura, para a hora de descansar. Afinal, todas as pessoas têm direito a:

f) É importante alimentar-se bem, tomar vacinas e ir ao médico quando se está doente. Todos têm direito a:

Ilustrações: Luiz Maia/Arquivo da editora

Saiba mais

Um prêmio para quem faz o bem

O prêmio Nobel é uma das homenagens mais importantes que uma pessoa pode receber. Ele foi criado pelo cientista sueco Alfred Nobel (1833-1896). Todos os anos, o prêmio Nobel é concedido a pessoas que se destacaram nos campos da Física, Química, Medicina, literatura e paz. Pessoas do mundo todo podem receber esse prêmio.

É um costume que o rei da Suécia entregue os prêmios de Física, Química, Medicina e literatura na cidade de Estocolmo, capital do país. Porém, o prêmio para a pessoa que se destaca no campo da paz é entregue pelo rei da Noruega, na cidade de Oslo, capital desse país.

Observem algumas pessoas que receberam o Nobel da Paz.

O líder negro estadunidense Martin Luther King Jr. (1929-1968) recebeu o prêmio em 1964, por combater o racismo nos Estados Unidos através da resistência não violenta. Ele era pastor protestante da Igreja batista.

Santa Teresa de Calcutá (1910-1997) recebeu o prêmio Nobel da Paz em 1979, por sua dedicação aos pobres e doentes. Ela fundou um grupo religioso dedicado exclusivamente aos mais necessitados, chamado Missionárias da Caridade. Hoje, o grupo atua no mundo todo, ajudando nas áreas mais humildes.

O advogado e líder sul-africano Nelson Mandela (1918-2003) recebeu o prêmio Nobel da Paz em 1993, por sua luta contra o *apartheid*, uma política adotada pelo governo sul-africano que negava à população negra direitos políticos, econômicos e sociais.

Em 2014, a paquistanesa Malala Yousafzai (1997-) foi a pessoa mais jovem a ganhar o prêmio Nobel da Paz, por sua luta pelo direito de todas as crianças à educação. Nesse ano, o prêmio foi dividido com outro ativista pelos direitos das crianças, Kailash Satyarthi.

Associated Press/Glow Images

Martin Luther King Jr. recebendo o prêmio Nobel da Paz, em Oslo, Noruega, 1964.

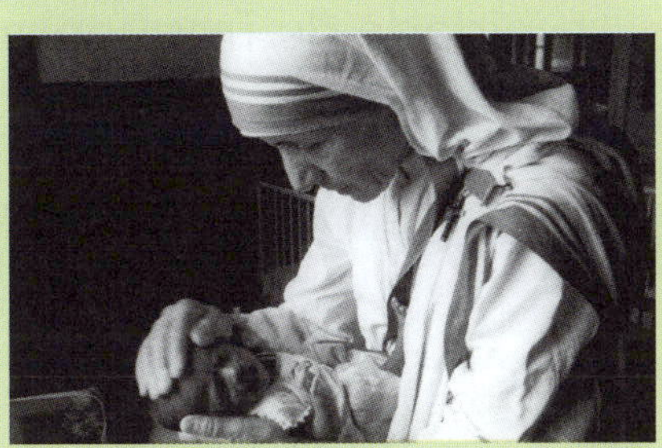
Keystone Pictures EUA/ZUMAPRESS.com/Alamy Live News/Fotoarena

Santa Teresa de Calcutá, fotografada em 1979, ano em que recebeu o Nobel da Paz. Na foto, ela acolhe um bebê órfão, na Índia.

Gerard Julien/Agência France-Presse

Nelson Mandela mostrando seu Nobel da Paz em cerimônia em Oslo, Noruega, 1993. Na foto, o político Frederik Willem de Klerk também exibe seu prêmio, recebido em conjunto com Mandela.

Cornelius Poppe/Pool/Agência France-Presse

Malala Yousafzai mostra a todos a medalha de seu prêmio Nobel da Paz, obtido em 2014.

O TEMA É...

Criança na escola

As crianças passam grande parte do dia na escola. Geralmente, é lá que aprendem a ler, escrever, compartilhar, cuidar, ouvir, perdoar, acolher entre outras coisas.

1 Na sua opinião, todas as crianças têm oportunidade de frequentar a escola?

2 Leia com o professor e os colegas a notícia a seguir e, depois, responda às questões.

iletrada: pessoa analfabeta ou quase analfabeta, tendo recebido pouca instrução para ler e escrever.

Pesquisa IBGE mostra que educação brasileira ainda não é para todos

40% dos brasileiros com mais de 25 anos não tem ensino fundamental, 2/3 das crianças está fora da creche e analfabetismo, que persiste, é três vezes maior entre os negros.

[...] Direito estabelecido pela Constituição a toda a população, o ensino fundamental ainda não é garantido a todos. Tanto que o analfabetismo ainda persiste. No ano passado, havia 11,3 milhões de pessoas com 15 anos ou mais ainda não alfabetizadas [...].

A dívida histórica do país com a educação de seu povo é ainda maior com a população negra. Enquanto 3,9% da população branca com 15 anos ou mais é iletrada, o percentual sobe para 9,1% entre os negros. Entre os brasileiros analfabetos com mais de 60 anos, 10,3% são brancos. E 27,5% são negros.

Cida de Oliveira. **Rede Brasil Atual**. 20 jun. 2019. Disponível em: <www.redebrasilatual.com.br/cidadania/2019/06/pesquisa-ibge-mostra-que-educacao-brasileira-ainda-nao-e-para-todos/>. Acesso em: 7 dez. 2019.

a) Qual é o assunto da notícia?

....

....

b) Quantos brasileiros com mais de 25 anos frequentaram o Ensino Fundamental?

....

c) Cerca de quantos brasileiros não sabem ler e escrever?

....

....

d) As crianças afro-brasileiras têm as mesmas oportunidades que outras crianças?

....

e) Na sua opinião, os direitos das crianças e adolescentes estão sendo respeitados no Brasil?

Você já ouviu falar do Estatuto da Criança e do Adolescente?

Observe o quadrinho.

É dever da família e do Estado assegurar diversos direitos às crianças e aos adolescentes.

3 Com a ajuda dos pais ou responsáveis, faça uma pesquisa sobre os direitos garantidos por lei às crianças e adolescentes no Brasil. Depois, selecione um dos direitos que você pesquisou, anote-o no caderno e faça um desenho para ilustrá-lo.

UNIDADE 4

NOSSO MUNDO, NOSSA GENTE

Entre nesta roda

- O que você sabe sobre a criação do mundo?
- O que você sabe sobre a situação do meio ambiente nos dias de hoje?
- Como podemos contribuir para cuidar melhor do planeta Terra?

Nesta Unidade vamos estudar...

- Algumas tradições de povos indígenas do Brasil
- Algumas tradições de religiões afro-brasileiras
- Festas e celebrações religiosas
- Como cuidar de nossa casa comum

Fernanda Monteiro/Arquivo da editora

13 OS INDÍGENAS E O SAGRADO

> Dai-nos luz, fé, a vida nas pajelanças,
> Evitai, ó Tupã, a violência e a matança.
> Oração pela libertação dos povos indígenas, de **Eliane Potiguara.**

Muitos são os povos indígenas que vivem no Brasil, cada um com suas diferentes tradições, crenças, cantos, danças e símbolos.

Em muitas de suas práticas religiosas não podem faltar instrumentos musicais, cantos, danças, bebidas e alimentos preparados com milho e mandioca.

Du Zuppani/Pulsar Imagens

Crianças Kalapalo saindo de oca para a dança da taquara, em Querência, Mato Grosso, 2018.

Quando estão doentes, ainda hoje, muitos indígenas buscam a cura por meio do preparo de plantas, ervas e rituais.

As histórias e tradições de cada povo são passadas de geração em geração, contadas pelos mais velhos aos mais jovens. E os mitos de origem de cada povo ou etnia explicam a criação do mundo e dos diversos povos indígenas, cada um à sua maneira.

- Converse com os colegas e conte um pouco do que você sabe sobre os povos indígenas que vivem no Brasil.

Todos os povos indígenas têm grande respeito pela Mãe Terra. Eles consideram sagrada a terra onde vivem, cultivam seus alimentos e enterram os seus mortos.

Na América do Sul, algumas etnias indígenas fazem celebrações em homenagem à Mãe Terra, a que chamam de Pacha Mama, durante todo o mês de agosto, em agradecimento pelas colheitas do ano.

David Mercado/Reuters/Fotoarena

Homens e mulheres em La Paz, na Bolívia, preparando cerimônia em homenagem a Pacha Mama, em agosto de 2018.

Outros rituais sagrados são celebrados principalmente pelos pajés nas ocasiões de nascimento, passagem para a fase adulta, casamento e morte.

Nas comunidades indígenas, o pajé é o líder espiritual, a pessoa que interpreta visões e sonhos, conduz os guerreiros, lê os sinais e considera a natureza um templo sagrado. Ele também pratica a cura por meio de ervas medicinais e rituais e afasta os maus espíritos.

Simon Plestenjak/Pulsar Imagens

Pajé Hushahu, a primeira mulher dos Yawanawá a se tornar pajé, na reserva indígena Rio Gregório, Acre, 2018.

Atividades

1 Escreva abaixo algumas semelhanças e diferenças entre um ritual indígena e a religião que você pratica.

....

....

....

....

2 Durante os rituais, geralmente os povos indígenas usam instrumentos musicais e enfeitam o corpo. Com o auxílio do professor, faça uma pesquisa e desenhe abaixo um exemplo de instrumento musical e um enfeite usados pelos indígenas.

Instrumento musical	Enfeite corporal

- Agora, conte aos colegas por que escolheu desenhar cada um dos exemplos.

3 Mitos são histórias do passado contadas oralmente pelos mais velhos. Cada povo tem seus mitos e, em geral, eles explicam a origem da humanidade, dos animais, dos alimentos, do Sol, da Lua, da chuva, etc.

Leia abaixo um mito dos Ticuna, povo indígena que habita a região amazônica do Brasil, do Peru e da Colômbia.

[...] Antigamente os homens não conheciam nem a mandioca-doce nem o fogo. Uma velha aprendeu com as formigas o segredo da mandioca e, seu amigo, um pássaro noturno, o curiango, lhe fornecia o fogo. O pássaro guardava o fogo no bico e [ela] o usava para cozinhar a mandioca, ao invés de aquecê-la no sol [...].

Os homens achavam deliciosos os beijus que a velha fazia e queriam a receita. Ela dizia que os cozinhava simplesmente com o calor do sol. Mas o pássaro achou graça da mentira dela e não aguentou: deu uma gargalhada! Logo todos viram as chamas saindo de seu bico. Os homens decidiram abrir à força o bico do pássaro e assim roubaram-lhe o fogo. É por causa disso que hoje em dia os curiangos têm um bico grande.

Foi a partir desse dia que os homens puderam usar o fogo para cozinhar!

beijus: alimento feito com farinha de mandioca granulada.
curiango: espécie de ave noturna, conhecida também como bacurau.
mandioca-doce: o mesmo que mandioca, aipim ou macaxeira.

Histórias sobre o roubo do fogo – Como contam os Ticuna? Mitos. **Povos Indígenas no Brasil Mirim.** Disponível em: <https://mirim.org/como-vivem/mitos>. Acesso em: 3 mar. 2020.

- Agora responda:

a) Com quem a velha aprendeu o segredo da mandioca-doce?

....

b) Qual era o segredo da mandioca-doce?

....

c) Onde o fogo era guardado?

....

d) Como os homens obtiveram fogo?

....

....

VOCÊ EM AÇÃO

Aprender com os mais velhos

Nas aldeias indígenas, crianças e jovens ficam ao redor dos mais velhos para aprender com eles os modos de viver, costumes e tradições de seu povo.

Com o professor e os colegas, leia o texto a seguir sobre como as crianças indígenas aprendem tudo o que precisam para viver na aldeia.

As crianças indígenas [...] aprendem muita coisa com seus pais e parentes mais próximos, como os irmãos e os avós. Os conhecimentos podem ser transmitidos durante as atividades do dia a dia ou em momentos especiais, durante os rituais e as festas.

É principalmente na relação com seus parentes que as crianças aprendem. Caminham junto com eles, observam atentamente aquilo que os mais velhos estão fazendo ou dizendo; acompanham seus pais até a roça; vão pescar com os adultos e brincam muito! [...]

Na convivência com os mais velhos, aprende-se o jeito certo de se comportar e de se relacionar com todos da família e do grupo. Dessa forma as crianças aprendem, por exemplo, quem são as pessoas que devem ser tratadas como irmãos e irmãs, como tios e tias, com quem poderão se casar no futuro. Dessa maneira vão entendendo qual a sua importância na comunidade.

Camila Gauditano/Studio R

Mulher Xavante ensinando sua neta a recolher sementes de capim para fazer colares e enfeites, na aldeia Wederã, em Mato Grosso, 2009.

Luciana Whitaker/Pulsar Imagens

Crianças Paresí regando horta em Campo Novo do Parecis, Mato Grosso, 2018.

Pouco a pouco, as crianças aprendem os modos de agir, os princípios e tudo aquilo que é importante para que se tornem pessoas produtivas e participativas. Para isso é muito importante estarem sempre atentas aos trabalhos diários e ao aprendizado e transmissão de conhecimentos.

Jeitos de aprender. **Povos Indígenas no Brasil Mirim.**
Disponível em: <https://mirim.org/como-vivem/aprender>. Acesso em: 21 jan. 2020.

1 Com um colega, converse sobre o texto que vocês leram. Na opinião de vocês, como as pessoas mais velhas são tratadas nas aldeias indígenas? E na nossa sociedade, como são tratadas?

2 Ainda em dupla, leia o texto abaixo e responda às questões.

Gustavo tem 8 anos e mora com os pais. Uma de suas atividades preferidas é jogar no celular. Ele ama tecnologia e está sempre ligado nas novidades. Um dia, o avô de Gustavo, sr. Geraldo, foi almoçar com a família e pediu que o neto o ajudasse a mandar uma mensagem pelo celular, pois tem dificuldade com tecnologias. Gustavo achou muito chato ajudar seu avô e zombou dele.

a) Como vocês acham que o sr. Geraldo se sentiu?

b) E vocês, como se sentiriam se estivessem no lugar do avô?

c) Na opinião de vocês, como Gustavo deveria ter agido com o avô?

d) O que vocês diriam para o sr. Geraldo se estivessem perto quando isso aconteceu? E para o Gustavo?

3 Converse com um dos seus avós e pergunte o que ele ou ela aprendeu de legal com alguém mais velho, quando tinha a sua idade. Depois, faça a mesma pergunta a alguém mais velho que você, da sua casa ou vizinhança. Por fim, escreva o que você aprendeu de interessante com alguém mais velho. Registre em uma folha o que pensou e, no dia combinado, apresente para a turma.

14 TRADIÇÕES AFRICANAS

> A escuridão não pode expulsar a escuridão; apenas a luz pode fazer isso. O ódio não pode expulsar ódio; só o amor pode fazer isso.
>
> **Martin Luther King Jr.**

De 1560 até meados do século XIX, o tráfico de escravos africanos trouxe para o Brasil mais de 5 milhões de pessoas. Assim, as expressões culturais desenvolvidas pelos africanos e seus descendentes são parte integrante da cultura brasileira.

Vindos de muitos lugares do continente africano, os escravizados trouxeram sua rica cultura, seus saberes, modos de viver e histórias de um passado de reinos de grande esplendor e de civilizações milenares.

Johann Moritz Rugendas. **Jogo de capoeira**, litografia colorida à mão, 1635. A capoeira é uma expressão cultural criada pelos descendentes de africanos escravizados no Brasil.

As religiões afro-brasileiras

Com os africanos escravizados, vieram as diversas religiões e crenças que cada grupo possuía no continente africano. Esses elementos religiosos e culturais, aos poucos, foram se tornando parte do dia a dia brasileiro.

A seguir, leia um texto a respeito das principais religiões afro-brasileiras.

As principais religiões afro-brasileiras são o candomblé e a umbanda, praticadas em todos os estados brasileiros. Variações locais dessas duas religiões também são encontradas, como o babaçuê, no Pará, o batuque, no Rio Grande do Sul, a quimbanda, no Rio de Janeiro e em São Paulo, e o tambor de mina, no Maranhão.

Candomblé

O candomblé é uma religião afro-brasileira que cultua orixás. Os orixás são deuses das nações ioruba que apresentam sentimentos humanos [...].

O candomblé chegou ao Brasil entre os séculos XVI e XVII, com os escravos vindos da África ocidental. Os portugueses julgavam esses cultos feitiçaria e os proibiam. Para evitar repressão, os escravos passaram a associar os orixás a santos católicos, o que acabou, com o tempo, gerando o sincretismo religioso típico do Brasil

percussão: conjunto de instrumentos musicais que emitem sons quando recebem toques firmes ou pancadas, como o tambor.
repressão: interrupção por meio da violência.
sincretismo religioso: combinação de diferentes cultos ou doutrinas religiosas.

A umbanda nasceu no Rio de Janeiro, na década de 1920. Mistura crenças e rituais africanos, indígenas e europeus. Suas raízes africanas podem ser encontradas em duas religiões: na cabula, do povo banto, e no candomblé, da nação nagô. Já suas raízes europeias estão no espiritismo kardecista, que acredita na possibilidade de contato dos mortos com os vivos.

Umbanda

Na umbanda, o universo é povoado por guias espirituais que entram em contato com as pessoas por meio de um iniciado, o médium. [...]

Além da umbanda, entre as fés surgidas do sincretismo religioso destaca-se ainda a macumba, que também incorpora elementos africanos, católicos, espíritas e indígenas. Seus rituais têm cantos, acompanhados de percussão marcante.

Dalton Muniz/Acervo do ilustrador

Oxalá.

Religiões brasileiras e afro-brasileiras. **Britannica Escola**. Disponível em: <https://escola.britannica.com.br/artigo/religiões-brasileiras-e-afro-brasileiras/487856>. Acesso em: 22 jan. 2020.

- Você já viu uma cerimônia de religião afro-brasileira ou participou de alguma? Conte aos colegas.

A influência africana no Brasil

Culinária

Quem gosta de vatapá, caruru e acarajé?

Jaboticaba Fotos/Shutterstock

O vatapá, um dos pratos típicos da culinária afro-brasileira, é feito com fubá, farinha de rosca, camarões e outros ingredientes.

Paulo Vilela/Shutterstock

O acarajé, outro prato típico da culinária afro-brasileira, é um bolinho frito feito com feijão-fradinho, recheado com vatapá e outros ingredientes, como pimentões e camarões.

Essas e muitas outras comidas, como angu, pirão e cuscuz, são receitas da culinária afro-brasileira.

Música

Muitos ritmos, danças, jogos, festas e instrumentos musicais trazidos pelos africanos e seus descendentes fazem parte do nosso dia a dia.

Pixabay/pixabay.com

Afoxé.

Tamara Kulikova/Shutterstock

Agogô.

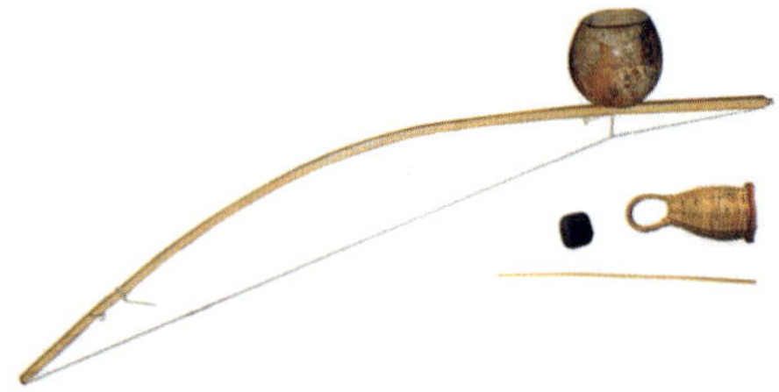
charnsitr/Shutterstock

Berimbau.

O berimbau marca o ritmo que acompanha os passos da capoeira, que é uma mistura de dança, jogo e luta criada pelos descendentes dos africanos escravizados e hoje praticada no Brasil inteiro e em muitos países do mundo.

Will Rodrigues/Shutterstock

Grupo de capoeiristas em roda no Parque do Ibirapuera, em São Paulo, 2016.

Cultura

A congada também é um exemplo de manifestação cultural e religiosa afro-brasileira.

Cesar Diniz/Pulsar Imagens

Congada realizada em São Paulo, 2018, no Vigésimo Primeiro Festival de Cultura Tradicional Paulista.

- Faça uma pesquisa para conhecer outros ritmos, danças e festas da cultura afro-brasileira. No dia combinado, traga textos e imagens para contar aos colegas o que você descobriu.

Atividades

1 O uso de ervas e plantas medicinais é uma prática tradicional no Brasil, transmitida através das gerações. Tem origem tanto nas cerimônias de religiões de matriz africana como nos rituais de cura dos povos indígenas. Às vezes, sem saber, repetimos em nosso cotidiano comportamentos de nossos ancestrais.

Ordene as sílabas e descubra algumas ervas medicinais muito usadas em nosso dia a dia.

Quang Ho/Shutterstock

MO CA LA MI

....

Nataliia K/Shutterstock

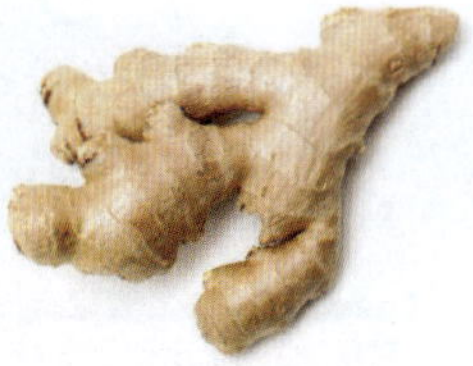

GI BRE GEN

....

Manfred Ruckszio/Shutterstock

VA ER CE DO

....

Wealthylady/Shutterstock

CRIM LE A

....

Nenov Brothers Images/Shutterstock

BO SA BA

....

Scisetti Alfio/Shutterstock

RU DA AR

....

- Agora, contorne aquelas que você já conhece.

2 Você sabe para que servem essas ervas medicinais? Escolha duas delas e faça uma pesquisa em casa com a ajuda de um adulto. Depois, compartilhe o que aprendeu com os colegas.

3 Sua família faz uso de ervas medicinais? Quais?

4 Observe imagens de manifestações culturais do Brasil influenciadas por culturas africanas.

Christopher Pillitz/Getty Images

Celebração de Ano-Novo realizada por praticantes do candomblé na praia de Copacabana, no Rio de Janeiro, 2016.

Sérgio Pedreira/Pulsar Imagens

Samba de roda Voa Voa Maria de Matarandiba, em Vera Cruz, Bahia, 2019.

Rubens Chaves/Pulsar Imagens

Baiana vendendo comidas típicas, como acarajé e cocada, em Salvador, Bahia, 2016.

- Agora responda: Você já participou de alguma das manifestações que aparecem nas imagens? Escreva qual foi e conte sua experiência aos colegas.

....

....

5 Faça a atividade *Jogo de tabuleiro: Shisima* da **página 13** do **Caderno de criatividade e alegria**.

Saiba mais +

Personalidades negras da história nacional

A história do Brasil é cheia de pessoas que contribuíram para a construção do país. Homens e mulheres que deram o melhor de si e se dedicaram, cada um em sua área, por um país melhor. Conheça algumas dessas pessoas.

Machado de Assis

Joaquim Maria Machado de Assis (1839-1908) nasceu na cidade do Rio de Janeiro. Filho de um pintor negro e de uma imigrante portuguesa, ele teve o acesso aos estudos limitado por causa do preconceito racial da época. Mas isso não o segurou. Sozinho, aprendeu a ler e traduzir textos em francês, língua em que, mais tarde, escreveu alguns de seus poemas. É considerado um dos maiores gênios da literatura nacional.

Reprodução/machadodeassisreal.com.br

Machado de Assis.

Maria Firmina dos Reis

Maria Firmina dos Reis (1822-1917) nasceu em São Luís, no Maranhão. Foi criada somente pela mãe até os cinco anos de idade, quando ficou órfã e passou a morar com a tia, que auxiliou muito em sua formação. Em seu estado, Maria foi a primeira mulher a ser aprovada em um concurso público para professora. É considerada a primeira romancista brasileira. Em 1859, publicou **Úrsula**, um romance abolicionista considerado o primeiro da literatura afro-brasileira. Na década de 1880, ela fundou primeira escola gratuita e mista do Maranhão.

Nátali Nuss/Acervo da ilustradora

Maria Firmina, ilustração digital de Nátali Nuss, 2019.

Carolina de Jesus

Carolina Maria de Jesus (1914-1977) nasceu em Sacramento, Minas Gerais. Teve a oportunidade de frequentar a escola por apenas dois anos, quando aprendeu a ler e escrever. Quando adulta, mudou-se para São Paulo, em busca de melhores condições. Para criar os filhos, trabalhou como catadora de papel e empregada doméstica. Nas horas vagas, Carolina aproveitava para registrar suas experiências em diários, que, em 1960, tornaram-se seu livro mais famoso, **Quarto de despejo: diário de uma favelada**, que foi traduzido em treze línguas e vendido em diversos países.

Reprodução/Arquivo Nacional, Rio de Janeiro, RJ.

Carolina Maria de Jesus autografando exemplares de seu livro **Quarto de despejo**, em 1960.

O TEMA É...

Preconceito religioso

Na tradição do povo iorubá, os orixás são ancestrais africanos que se tornaram divindades e que guiam os seres humanos. Durante sua vida na Terra, esses ancestrais aprenderam a controlar forças da natureza (mares, rios, plantas, raios, entre outros), técnicas e saberes (agricultura, metalurgia, pesca, entre outros). Cada orixá tem suas características especiais: roupas, enfeites, cores, comidas, cantigas, rezas, ambientes, oferendas, lugares, etc.

Durante o período da escravidão, os africanos e seus descendentes foram proibidos de praticar seus rituais e obrigados a aceitar a religião cristã católica. Para manter vivas suas tradições, eles então associaram cada orixá a um santo católico. Assim se deu o início do sincretismo religioso, no Brasil, ou seja, a reunião de diferentes crenças, conservando aspectos das crenças originais.

Nanã, a mais velha dos orixás. No catolicismo, está associada à Santa Ana.

Oxóssi, protetor das matas e dos animais. No catolicismo, associado a São Jorge no Rio de Janeiro e a São Sebastião em São Paulo.

Oxum, orixá da beleza e da gestação. No catolicismo está associada à Nossa Senhora da Conceição e à Nossa Senhora Aparecida.

1 O que você entendeu sobre sincretismo religioso? Justifique sua resposta com exemplos.

2 Escolha um dos orixás e faça uma pesquisa para descobrir suas características principais. Compartilhe com os colegas o que você descobriu.

As religiões afro-brasileiras até hoje são alvo de discriminação e preconceito. Muitas pessoas, infelizmente, não percebem que respeitar a religião do próximo não diminui a própria religião. Por outro lado, muitos grupos e pessoas se unem para lutar pela igualdade de direitos e pela liberdade de crenças. O respeito é essencial para convivermos em paz.

Claudia Martini/Futura Press

Décima Segunda Caminhada em Defesa da Liberdade Religiosa, realizada no Rio de Janeiro, em 2019.

3 Na sua opinião, por que existem preconceitos religiosos?

4 O que poderia ser feito para acabar com esses preconceitos?

5 No espaço abaixo, desenhe um cartaz com um *slogan* contra o preconceito religioso.

15 NOSSA CASA COMUM

> Ao homem que plantar uma árvore, quando qualquer um se alimentar dela, seja homem, animal ou qualquer outra criatura, será computado para ele uma recompensa.
>
> **Profeta Maomé**

O Criador se preocupou com cada detalhe dessa nossa casa maravilhosa que é o planeta Terra. Tudo que existe nele foi pensado para nos ajudar a reconhecer e amar o Criador.

Leia abaixo mitos da criação segundo as tradições judaica e cristã. Esse texto aparece no início do livro do Gênesis.

No princípio, Deus criou o céu e a terra. A terra era sem forma e vazia, e sobre o abismo havia trevas, e o espírito de Deus pairava sobre as águas.

Deus disse: "Haja luz", houve luz. E Deus viu que a luz era boa. Deus separou a luz das trevas. À luz, Deus chamou "dia" e às trevas, chamou "noite". Houve tarde e manhã: o primeiro dia.

Deus disse: "Haja um firmamento entre as águas, separando umas das outras". [...] E assim foi. Ao firmamento, Deus chamou "céu". Houve tarde e manhã: o segundo dia.

Deus disse: "Juntem-se num único lugar as águas que estão debaixo do céu, e apareça o elemento seco". [...] Ao elemento seco, Deus chamou "terra", e ao ajuntamento das águas, chamou "mar". E Deus viu que era bom.

Deus disse: "A terra faça brotar a vegetação, ervas que deem semente e árvores frutíferas, que sobre a terra deem fruto com sua semente, segundo sua espécie". [...] Houve tarde e manhã: o terceiro dia.

Deus disse: "Haja luzeiros no firmamento do céu, para separar o dia da noite. [...] Sirvam de luzeiros no firmamento para iluminar a terra". E assim foi. Deus fez os dois grandes luzeiros, o luzeiro maior para presidir o dia e o luzeiro menor para presidir a noite, e também as estrelas. [...] Houve tarde e manhã: o quarto dia.

Deus disse: "Fervilhem as águas de seres vivos, e pássaros voem sobre a terra debaixo do firmamento do céu". [...] Deus abençoou-os, dizendo: "Sede fecundos, multiplicai-vos e enchei as águas do mar; e que as aves se multipliquem sobre a terra". Houve tarde e manhã: o quinto dia.

Deus disse: "Produza a terra seres vivos segundo suas espécies, animais domésticos, animais rasteiros e animais selvagens, segundo suas espécies". [...]

Deus disse: "Façamos um ser humano, à nossa imagem e segundo nossa semelhança. Que ele domine sobre os peixes do mar, as aves do céu, os animais domésticos, todos os animais na terra e tudo o que rasteja pela terra". [...]

Claudia Marianno/Arquivo da editora

E Deus os abençoou e disse-lhes: "Sede fecundos e multiplicai-vos, enchei a terra [...]". E Deus disse: "Eu vos dou, sobre a terra inteira, toda a erva que dá semente e todas as árvores que produzem fruto com sua semente, para que vos sirvam de alimento. E a todos os animais selvagens, a todas as aves do céu e a tudo que rasteja pela terra, a tudo que tem sopro de vida dou toda a erva verde como alimento". E assim foi. Então Deus viu tudo quanto havia feito, e era muito bom. Houve tarde e manhã: o sexto dia.

Gênesis 1,1-31. **Bíblia sagrada**. Trad. oficial da CNBB. 2. ed. Brasília: Edições CNBB, 2019. p. 29-30.

- Antes de criar o homem e a mulher, Deus preparou para todos os seres vivos uma casa comum: o planeta Terra, com plantas e animais.

Converse com os colegas sobre a criação do mundo e depois responda:

Você acha que estamos cuidando bem da nossa casa comum? Por quê?

Como você viu, animais, matas, florestas e todos os seres vivos fazem parte da criação.

É preciso cuidar das matas. O ser humano deve evitar atear fogo ou desmatar.

Os animais domésticos também merecem cuidado e carinho.

As aves silvestres não devem ficar em cativeiros ou gaiolas.

Os animais selvagens precisam correr livres sem que ninguém os persiga.

Devemos preservar tudo o que existe, porque tudo o que Deus fez é muito bom!

Andre Dib/Pulsar Imagens

Revoada de flamingos no lago Bonome, no Amapá em 2019.

1 **Converse com o professor e os colegas sobre o que podemos fazer para cuidar melhor do nosso planeta.**

a) Cite duas atitudes que podem contribuir para a preservação do mundo.

b) Se você pudesse escolher, qual animal gostaria de ser? Justifique sua resposta.

2 Muitas pessoas cuidam de animais que foram abandonados. Elas resgatam, cuidam e procuram quem deseja adotar um bichinho de estimação. Você conhece alguma pessoa ou grupo que faça isso? Na sua opinião, por que essa atitude é importante?

Proteger o meio ambiente é preciso.

O ser humano deve cuidar da terra, da água e do mar.

Os líderes religiosos se unem, orientam e chamam os fiéis a cuidar de nossa casa comum.

Vincenzo Pinto/Agência France-Presse

Papa Francisco plantando uma árvore em sua visita a Bangladesh, 2017.

> **A Terra deve ser tratada com ternura, para não causar-lhe feridas, para não arruinar a obra que saiu das mãos do Criador.**
>
> **Papa Francisco**

Como ensina o papa Francisco, cada um de nós deve agir para que nossa casa comum seja preservada. Não devemos ter atitudes que machuquem o planeta, pois o Criador não o fez para que um ou outro fosse dono de tudo que existe, mas para que todos possam aproveitar os benefícios da Criação, colaborando com o projeto de Deus para o bem de toda a humanidade.

Antes de comprar um produto qualquer, precisamos refletir sobre a real necessidade que temos desse produto. Cada item que compramos tem um impacto no planeta. Por isso, devemos ser consumidores conscientes.

1 Quando você pensa no cuidado com nossa casa comum, quais são as principais palavras que vêm à sua mente? Por quê? Compartilhe suas ideias com a turma.

2 Quais dicas você daria para alguém que deseja ser um consumidor consciente? Conte aos colegas.

Atividades

1 Você leu o texto do Gênesis, livro da Bíblia que conta como Deus criou o mundo. Agora, pinte de **vermelho** o quadrinho ao lado das frases incorretas e de **azul** o quadrinho ao lado das frases corretas.

- ☐ Deus contemplou toda a sua obra e viu que tudo era muito bom.
- ☐ Deus criou primeiro os animais e depois a luz.
- ☐ Deus criou primeiro a mulher e depois o homem.
- ☐ Deus criou apenas animais domésticos.
- ☐ Deus criou o mundo em apenas dois dias.
- ☐ Deus disse: "A terra faça brotar a vegetação, ervas que deem semente e árvores frutíferas, que sobre a terra deem fruto com sua semente, segundo sua espécie".

2 Há pessoas que não cuidam do meio ambiente. Nas imagens abaixo, contorne de **verde** os elementos que mostram cuidados com o meio ambiente e de **vermelho** tudo o que mostra descaso e descuido com o meio ambiente.

Ilustrações: Claudia Marianno/Arquivo da editora

3 Complete as frases a seguir com as palavras do quadro.

felizes	natureza	flora	fauna	meio ambiente

a) Cuide bem da ...., porque dependemos dela.

b) Prejudicar o .... é prejudicar o ser humano, porque fazemos parte da natureza.

c) O meio ambiente é formado por ar, água, ... e ....

d) Deus criou o mundo para todos viverem .... e dele cuidar.

4 **Marque com um X as alternativas que indicam atitudes de consumo responsável e cuidado com o planeta.**

- [ ] Jogar lixo nas ruas.
- [ ] Tomar banhos rápidos.
- [ ] Jogar garrafas de plástico nas águas de rios e mares.

Ilustrações: Luiz Maia/Arquivo da editora

- [ ] Apagar as luzes e economizar energia elétrica.
- [ ] Caçar animais silvestres.
- [ ] Manter aves silvestres em cativeiro.
- [ ] Fechar as torneiras quando estiver escovando os dentes.
- [ ] Provocar queimadas e desmatar matas e florestas.

5 Vamos jogar?

O nome do jogo é “O mundo dos meus sonhos”. É um jogo divertido, que ensina atitudes para viver melhor. Usem feijões, sementes ou pedrinhas para representar cada jogador. Vocês vão precisar de um dado.

Escolham o aluno que vai começar. Ele lança o dado e segue pelas casas. Ao parar, lê a mensagem e segue as instruções. Depois, é a vez do próximo jogador.

Luiz Maia/Arquivo da editora

Saiba mais

O sínodo para a Amazônia

Um sínodo é uma reunião convocada pelo papa para tratar de um assunto ou problema que ele julgue importante e urgente.

O Sínodo Especial para a Amazônia teve como tema "Amazônia – novos caminhos para a Igreja e por uma ecologia integral".

Em 2019, entre os dias 6 e 27 de outubro, os 250 participantes convocados pelo líder da Igreja católica conheceram e discutiram possíveis caminhos para a evangelização dos povos da região, chamada de Pan-Amazônica.

capital: principal, fundamental.
evangelização: transmissão dos ensinamentos de Jesus Cristo.

Vatican Media/Agência France-Presse

O papa Francisco sempre demonstrou preocupação pela Amazônia e seus povos. Na foto, o papa recebe grupos indígenas amazônicos que participaram da Assembleia Especial do Sínodo de Bispos da Região Pan-Amazônica, no Vaticano, 2019.

A Pan-Amazônia é uma imensa região. Tão grande que está presente em diversos países da América do Sul, como Brasil, Peru, Bolívia, Venezuela e Suriname.

O principal objetivo do sínodo, segundo o papa Francisco, foi "identificar novos caminhos para a evangelização daquela porção do Povo de Deus, especialmente dos indígenas, frequentemente esquecidos e sem perspectivas de um futuro sereno, também por causa da crise da Floresta Amazônica, pulmão de capital importância para nosso planeta".

Durante dois anos, o sínodo foi preparado levantando dados e ouvindo os povos que vivem na região. Também especialistas em diversas áreas e líderes religiosos de várias religiões foram ouvidos, para que os bispos reunidos trabalhassem com foco nos temas mais relevantes, incluindo as constantes ameaças que os povos dessa região sofrem em função de interesses econômicos.

VOCÊ EM AÇÃO

Cuidando de nossa casa comum

Chamar o planeta de casa comum significa dizer que cada um de nós deve cuidar dele tão bem quanto cuida da própria casa. Por isso, cada um é convocado a ser um cuidador de toda a diversidade de plantas e animais, pois todos fazemos parte dessa grande casa que é o planeta Terra.

Mas esse cuidado não é só com a natureza; ele inclui as pessoas que vivem na Terra. Os seres humanos são irmãos nessa grande casa comum, e devemos nos preocupar com todos, principalmente com aqueles que vivem em situações de maior necessidade.

1 Observe as imagens abaixo e converse com os colegas sobre o que vocês veem.

a)

guentermanaus/Shutterstock

Poluição no rio Mindu, em Manaus, Amazonas, 2019.

b)

Ricardo Moraes/Reuters/Fotoarena

Área desmatada da Floresta Amazônica em Itaituba, Pará, 2019.

c)

Leo Fernandes/Shutterstock

Habitações construídas em área de risco de desabamento, em Vila Velha, Espírito Santo, 2019.

d)

Lucas Landau/Reuters/Fotoarena

Queimada em área da Floresta Amazônica, em Água Boa, Mato Grosso, 2019.

- Na sua opinião, qual seria uma solução possível para o problema que você vê? Conte aos colegas.

Quando não cuidamos do meio ambiente, todos os seres vivos sofrem as consequências. Espécies de animais e plantas podem desaparecer para sempre. E os seres humanos passam por grandes sofrimentos e perdas.

A destruição do meio ambiente provoca grande desequilíbrio em diferentes aspectos da nossa vida na Terra.

Quem vive nas cidades também é responsável por preservar o que pertence a todos. É preciso cuidar dos meios de transporte, das ruas e calçadas, das praças e jardins.

2 Pense e responda:

a) No bairro onde você mora as ruas e calçadas estão bem cuidadas?

....

....

....

b) Existem praças e jardins? Estão bem cuidados?

....

....

c) O que você acha que é preciso fazer para conservar os lugares públicos?

....

....

....

d) Quem é responsável por esses cuidados?

....

....

3 Em casa, recorte figuras de revistas que mostrem cuidados com o meio ambiente. Cole as figuras em uma folha avulsa.

Na próxima aula, traga seu trabalho e monte com os colegas um mural sobre as criações de Deus e o cuidado com nossa casa comum.

16 O VALOR DA BOA CONVIVÊNCIA

Sejam bem unidos num só pensamento e numa só intenção.

1ª Carta aos Coríntios 1,10

Viver em sociedade significa se relacionar com muitas pessoas. Algumas dessas pessoas podem gostar das mesmas coisas que você. Outras podem gostar de coisas bem diferentes das que você gosta. Isso vale para o gosto musical, o jeito de vestir, as comidas preferidas.

O importante é sempre respeitar as outras pessoas, mesmo quando não tiverem o mesmo gosto ou a mesma opinião que você. Leia o texto abaixo, com o professor e os colegas.

Aprendemos que uma boa convivência
Se faz com amor, respeito e compreensão
Que devemos conviver com todos
Com muito carinho e atenção!

Celebrar e festejar é valorizar
Cada cultura, cada religião
Que canta e dança a esperança,
A fé e sua devoção.

Conviver com o diferente,
Aprendendo uns com os outros,
Vamos construir todos juntos
Um mundo melhor para todos.

Claudia Marianno/Arquivo da editora

Texto elaborado pelas autoras especialmente para esta obra.

- Você acredita que, se todos convivessem em harmonia, o mundo seria melhor? Por quê? Converse com os colegas e veja se eles pensam como você!

A boa convivência com outras religiões

Para conviver bem, é preciso se colocar no lugar do outro. Para isso, sempre pense: "Como eu me sentiria se fosse comigo?". Desse jeito, você vai perceber como é importante só fazer aquilo que é bom, não importa em qual situação você esteja.

Como ensinava Jesus Cristo:

> **Tudo, portanto, quanto desejais que os outros vos façam, fazei-o, vós também, a eles.**
>
> **Mateus 7,12**

As religiões têm grande importância nessa boa convivência. Devemos aprender a respeitar e dividir o espaço com todas as crenças. Em diversos momentos, as tradições religiosas reúnem amigos, parentes e comunidades para festejar com alegria.

Lucas Landau/Reuters/Fotoarena

Batizado católico realizado em Roma, Itália, 2016.

Marlon Costa/Futura Press

Caminhada dos Terreiros de Pernambuco no Recife, em Pernambuco, em 2018. O desfile pede espaço e respeito para religiões como o candomblé, a jurema e a umbanda. No encerramento acontece o Xirê, celebração com cânticos e danças para todos os orixás.

Reprodução/Templo Shin Budista, Brasília, Distrito Federal.

Caminhada durante o Hanamatsuri, festa em comemoração ao nascimento de Buda, no Distrito Federal, 2019.

- Você já participou de alguma festa religiosa de uma religião diferente da sua? Como se sentiu? Se possível, traga para a sala de aula fotos de celebrações religiosas de que você ou sua família já participaram. Mostre-as aos colegas e conte como foi sua participação.

Conviver em família

Nossas famílias se reúnem para festejar...

Aniversários...

Casamentos...

Até mesmo uma partida de futebol!

Uppercut RF/Getty Images

Família reunida em comemoração de aniversário.

Todos são convidados, todos são bem-vindos, não esquecemos de ninguém... E acaba chegando mais um! Com sorrisos e abraços, se junta à comemoração!

Assim pode ser nossa família e também o nosso país. E nos momentos tristes, como enchentes, desabamentos, secas e outras tragédias, todos devemos nos unir para ajudar e consolar quem está sofrendo.

Nelson Antoine/Fotoarena

Voluntários reunidos em São Paulo organizando doações para serem distribuídas a famílias que foram vítimas de enchentes e deslizamentos na região serrana do Rio de Janeiro, em 2011.

Quando chegam pessoas e famílias de outros lugares do Brasil e do mundo, em busca de trabalho e de uma nova vida, também devemos acolher a todos, sem discriminar ninguém.

Alexandre Tokitaka/Pulsar Imagens

Comunidade boliviana de São Paulo festeja a *Virgen de Urkupiña* por graça alcançada na Paróquia Nossa Senhora da Paz, em 2016.

Ilustrações: Claudia Marianno/Arquivo da editora

1 Por que as pessoas deixam sua terra natal e buscam outros lugares para viver e trabalhar?

2 Você acha que o povo brasileiro sempre é solidário com os que chegam de outros lugares? Justifique sua resposta.

Atividades

1 Observe as imagens abaixo e assinale as que demonstram exemplos de boa convivência entre as pessoas.

a)

Slava Dumchev/Shutterstock

☐

b)

Cultura RF/Getty Images

☐

c)

ws_photos/Shutterstock

☐

d)

Prostock-studio/Shutterstock

☐

e)

Ihor Bulyhin/Shutterstock

☐

f)

Tetra images RF/Getty Images

☐

2 Agora, escolha duas situações da atividade 1 que indiquem uma má convivência e escreva como você as resolveria.

....

....

....

3 O mundo tem muitos povos, culturas e crenças. A diversidade enriquece a convivência!

Complete o diagrama abaixo apenas com as atitudes do quadro que ajudam a criar uma boa convivência entre as pessoas.

amor	**discussão**	**respeito**	**harmonia**	**paciência**	**preconceito**
diálogo	**perdão**	**desrespeito**	**acolhida**	**raiva**	**amizade**

4 Observe a tirinha.

Armandinho, de Alexandre Beck.

- Agora, responda às questões.

a) Na sua opinião, por que o Armandinho prefere construir pontes em vez de muros?

....

....

b) O que os tijolinhos simbolizam?

....

....

c) Você considera mais importante construir muros ou pontes entre as pessoas? Por quê?

....

....

d) No seu dia a dia, como você faz para construir pontes?

....

....

5 Vamos realizar uma campanha para incentivar a boa convivência. Forme um grupo e escolham um dos temas abaixo.

A boa convivência...

... na família

E+/Getty Images

... na escola

E+/Getty Images

... no esporte

barbsimages/Shutterstock

... entre religiões diferentes

Rawpixel.com/Shutterstock

- Reflitam sobre os seguintes pontos:

  a) Como deve ser a convivência?

  b) Quais atitudes podem ajudar as pessoas a conviver melhor?

- Agora, criem um cartaz com imagens, frases e palavras que incentivem as pessoas a conviver melhor.

Saiba mais

Campanha da Fraternidade

A Campanha da Fraternidade é uma campanha realizada anualmente pela Conferência Nacional dos Bispos do Brasil (CNBB) com o objetivo de despertar a solidariedade dos fiéis em relação a um problema da sociedade brasileira. A cada cinco anos a campanha é promovida em conjunto com outras religiões cristãs.

Todo ano é escolhido um tema, que define a realidade concreta a ser transformada, e um lema, que demonstra em que direção se busca a transformação.

Leonardo Cardoso/dom Joel Portella Amado/Patriky Samuel Batista/Edições CNBB

No ano de 2020, o tema foi "Fraternidade e vida: dom e compromisso". E o lema foi "Viu, sentiu compaixão e cuidou dele" (Lucas 10,33-34), inspirado nas ações de Santa Irmã Dulce, que dedicou a vida a cuidar dos doentes e pobres.

O TEMA É...

Festejar

As festas religiosas são manifestações que unem as pessoas, trazem conforto e alegria aos corações e fortalecem o contato dos fiéis com o Criador.

Elas alegram toda a comunidade, que se une em torno de um objetivo.

Em todos os países, por todos os cantos da Terra, em todas as culturas, os seres humanos prestam cultos a suas divindades.

Ariel Skelley/Getty Images

Família católica trocando presentes no Natal.

No dia 25 de dezembro, os cristãos comemoram o Natal, ou seja, o nascimento de Jesus Cristo, que vem ao mundo para libertar a humanidade e trazer a luz.

Vishal Bhatnagar/NurPhoto/Getty Images

As mulheres indianas acendem velas no templo de Lord Ramchandra Ji por ocasião do Divali, em Jaipur, na Índia, em 2019. A comunidade jainista, sikh e budista também celebra o Divali, de acordo com seus costumes e visão religiosa.

No mês de outubro, os hindus celebram a Festa das Luzes, ou Divali, na qual acendem milhares de lamparinas e velas, além de fogos coloridos, para comemorar a vitória do bem sobre o mal.

Em dezembro, os judeus celebram o Chanucá, a festa das luzes, que dura oito dias. Na celebração, acende-se, à noite, a *chanukiá* (candelabro com nove braços). São feitas preces durante a festa, para a qual são preparados alimentos especiais.

A palavra hebraica *chanucá* significa "dedicação", e a festa comemora um episódio antigo, quando um pequeno grupo de judeus derrotou um poderoso exército e reassumiu o templo judaico em Jerusalém.

Vesak é uma festa celebrada pelos budistas para comemorar o nascimento de Buda e marcar também sua iluminação e sua morte. Tradicionalmente as homenagens são feitas com oferendas, flores, incenso e milhares de velas para lembrar a iluminação de Buda.

iStockphoto/Getty Images

Família judaica acendendo *chanukiá*. Foto de 2007.

Gagan Nayar/Agência France-Presse

Jovens monges budistas acendem velas na celebração do Vesak, em Bhopal, na Índia, em 2019.

1 Para você, qual é a importância de uma festa religiosa?

2 Quais são as principais festas religiosas em sua cidade? Você já participou de alguma? Como foi?

3 Sua família comemora alguma festa religiosa? Qual? Como vocês comemoram?

SUGESTÕES PARA O ALUNO

Filme

Viva: a vida é uma festa, de Lee Unkrich. Estados Unidos, 2017, 105 min.

No feriado mexicano chamado de Dia dos Mortos, Miguel vive uma grande aventura que o ajuda a conhecer seus antepassados e a se entender com sua família.

Livros

A Avó Amarela, de Júlia Medeiros. São Paulo: ÔZé.

Esta é a história de uma avó que cobria a todos com muitos beijos. Ao se despedir, dizia que fossem com Deus, mas isso só depois de servir um lanche gostoso. Narrada pela neta da Avó Amarela, essa história nos faz perceber como é importante conviver com os mais velhos e respeitá-los.

A oração na ponta dos dedos, do papa Francisco. Cachoeira Paulista: Canção Nova.

Muitas vezes não sabemos como orar ou não nos lembramos das orações que aprendemos. Neste livro, o papa ensina como orar com os dedos das mãos e a não mais esquecer como louvar e agradecer.

Aprendendo sobre virtudes: um manual para se tomarem boas decisões, de Juliette Garesché Dages. São Paulo: Paulus.

Este livro nos ensina que para aprender e escolher viver as virtudes é preciso lembrar que Deus é bondoso e amoroso e que Ele deseja que sejamos honestos, alegres, que tenhamos fé e sabedoria.

As panquecas de Mama Panya, de Mary Chamberlin e Rich Chamberlin. São Paulo: SM.

Adika mora em um vilarejo no Quênia, na costa leste da África. Um dia sua Mama Panya o chama para irem ao mercado comprar farinha. Ele logo descobre que terão panquecas, uma de suas comidas preferidas. Pelo caminho do mercado, Adika encontra seus amigos tocando o gado, encontra sua amiga da escola e convida a todos para comer panquecas debaixo do baobá.

Menina bonita do laço de fita, de Ana Maria Machado. São Paulo: Ática.

O coelho branco deseja ter uma filha como a menina bonita do laço de fita e quer descobrir o segredo de ela ser tão pretinha. Vive a perguntar, mas a menina bonita, por não saber responder, inventa histórias, dizendo que é pretinha assim por tomar muito café. Um dia, a mãe da menina explica que a linda cor vem da avó, que era tão preta quanto a menina bonita. E assim o coelho descobre que nos parecemos com nossos antepassados.

Olívia e os índios, de Betty Mindlin. São Paulo: Scipione.

Olívia é uma garotinha que sai em viagem com sua avó, que gosta muito de conhecer pessoas e outras tradições. Na viagem, Olívia vai aprender com os indígenas maneiras diferentes de viver.

Podcast

Era uma vez um *podcast*, de Carol Camanho. Episódio: Lenda viva... Viva as lendas! (Folclore brasileiro), 2017, 9 min.

Nesse episódio, você vai ouvir uma história que apresenta algumas lendas do folclore brasileiro, como o Saci, a Iara e o Curupira.

BIBLIOGRAFIA

AGNOLIN, Adone. *História das religiões*: perspectiva histórico-comparativa. São Paulo: Paulinas, 2013.

ALBERONI, Francesco. *Valores:* o bem, o mal, a natureza, a cultura, a vida. Rio de Janeiro: Rocco, 2000.

ANTUNES, Celso. *Novas maneiras de ensinar, novas formas de aprender*. Porto Alegre: Artmed, 2011.

AQUINO, Thiago de Avilar. *Sentido da vida e valores no contexto da educação*. São Paulo: Paulinas, 2015.

Base Nacional Comum Curricular (BNCC). Disponível em: <http://basenacionalcomum.mec.gov.br/>. Acesso em: 17 out. 2019.

BETTENCOURT, Estêvão. *Crenças, religiões, igrejas e seitas – quem são?* 8. ed. São Paulo: O Mensageiro de Santo Antônio, 2012.

BÍBLIA Sagrada Ave Maria. Tradução dos originais em hebraico e grego pelos monges de Maredsous (Bélgica). São Paulo: Ave-Maria, 2006.

BIBLIOTECA Virtual de Direitos Humanos. Disponível em: <www.direitoshumanos.usp.br>. Acesso em: 17 out. 2019.

BITTENCOURT, Zoraia Aguiar *et al*. *A compreensão leitora nos anos iniciais*: reflexões e propostas de ensino. Petrópolis: Vozes, 2015.

BNCC na Prática. Disponível em: <www.bnccnapratica.com.br/>. Acesso em: 17 out. 2019.

BOWKER, John. *Para entender as religiões*. São Paulo: Ática, 1997.

BRASIL. Ministério da Educação. *Base Nacional Comum Curricular (BNCC)*. Brasília. 2017. Disponível em: <http://basenacionalcomum.mec.gov.br/images/BNCC_EI_EF_110518_versaofinal_site.pdf>. Acesso em: 17 out. 2019.

BRASIL Escola. Disponível em: <https://brasilescola.uol.com.br/>. Acesso em: 17 out. 2019.

BRIGHT, John. *História de Israel*. 2. ed. São Paulo: Paulus, 2004.

CAMPBELL, Linda; CAMPBELL, Bruce; DICKINSON, Dee. *Ensino e aprendizagem por meio das inteligências múltiplas*. Porto Alegre: Artmed, 2000.

CANÇÃO Nova. Disponível em: <https://formacao.cancaonova.com/>. Acesso em: 17 out. 2019.

CARABALLO, Simon Alfredo. *Meu grande amor por Jesus me conduziu ao Islam*. São Paulo: Fambras, [s.d.].

CARNIATO, Maria Inês. *Ensino Religioso*. São Paulo: Paulinas, 2010.

CATECISMO da Igreja católica. Disponível em: <www.vatican.va/archive/ccc/index_po.htm>. Acesso em: 17 out. 2019.

CATUNDA, Ricardo. *Brincar, criar, vivenciar na escola*. Rio de Janeiro: Sprint, 2005.

CENCINI, Amedeo. *A arte de ser discípulo*. São Paulo: Paulinas, 2011.

CENTRO Virtual de Divulgação e Estudo do Espiritismo. Disponível em: <https://cvdee.org/>. Acesso em: 17 out. 2019.

CESCON, Everaldo; NODARI, Paulo César. *Filosofia, ética e educação*: por uma cultura de paz. São Paulo: Paulinas, 2014.

CNBB. *Cristãos leigos e leigas na sociedade (doc. 105)*. Brasília: CNBB, 2019. (Documentos da CNBB)

CONFERÊNCIA Nacional dos Bispos do Brasil – CNBB. Disponível em: <www.cnbb.org.br>. Acesso em: 17 out. 2019.

COSTA, Vagner. *O segredo da amizade*. São Paulo: Moderna, 2002. (Girassol)

DALAI-LAMA. *Pacificando o espírito*. Rio de Janeiro: Bertrand Brasil, 2001.

DEPIZZOLI, Antonio; CRUZ, Therezinha (Org.). *E seguiram Jesus... caminhos bíblicos de iniciação*. Brasília: CNBB, 2018.

ELIADE, Mircea. *Imagens e símbolos*: ensaio sobre o simbolismo mágico-religioso. São Paulo: Martins Fontes, 2012.

FEDERAÇÃO das Associações Muçulmanas do Brasil – Fambras. Disponível em: <www.fambras.org.br>. Acesso em: 17 out. 2019.

FONAPER. *Parâmetros Curriculares Nacionais*: Ensino Religioso. São Paulo: Mundo Mirim, 2009.

FUNDAÇÃO Nacional do Índio – Funai. Disponível em: <www.funai.gov.br>. Acesso em: 17 out. 2019.

INSTITUTO Brasileiro do Meio Ambiente e dos Recursos Naturais Renováveis – Ibama. Disponível em: <www.ibama.gov.br/>. Acesso em: 17 out. 2019.

JUNQUEIRA, Sérgio Rogério Azevedo; MENEGHETTI, Rosa Gitana Krob; WASCHOWICZ, Lilian Anna. *Ensino Religioso e sua relação pedagógica*. Petrópolis: Vozes, 2002.

KRONBAUER, Selenir Corrêa Gonçalves; STROHER, Janete Marga. *Educar para a convivência na diversidade*. São Paulo: Paulinas, 2009.

MINISTÉRIO da Educação. Disponível em: <http://portal.mec.gov.br/index.php>. Acesso em: 17 out. 2019.

O ALCORÃO: livro sagrado do islã. Tradução de Mansour Challita. 12. ed. Rio de Janeiro: Bestbolso, 2017.

PAPA FRANCISCO. *Quem sou eu para julgar?* Rio de Janeiro: Leya, 2017.

PEIXOTO, Nobert. *As flores de Obaluaê*: o poder curativo dos Orixás. 2. ed. Porto Alegre: BesouroBox, 2018.

PENSAMENTO Verde. Disponível em: <www.pensamentoverde.com.br/>. Acesso em: 17 out. 2019.

PONDÉ, Luiz Felipe. *Espiritualidade para corajosos*: a busca do sentido do mundo de hoje. São Paulo: Planeta do Brasil, 2018.

RIVA, Gabriela R. Saab. *Água, um direito humano*. São Paulo: Paulinas, 2016. (Cidadania)

SENRA, Ana. *Oficinas psicopedagógicas para superação da exclusão*. Petrópolis: Vozes, 2016.

TOROPOV, Brandon; BUCKLES, Luke. *O guia completo das religiões do mundo*. 2. ed. São Paulo: Madras, 2017.

VATICANO. Disponível em: <www.vatican.va>. Acesso em: 17 out. 2019.

WALTERS, Kerry. *Ateísmo*: um guia para crentes e não crentes. São Paulo: Paulinas, 2018.

WERNER, Camila (Edit.). *O livro das religiões*. Tradução de Bruno Alexander. 2. ed. São Paulo: Globo, 2016.

MARCHA CRIANÇA

3º ANO
ENSINO FUNDAMENTAL

ENSINO RELIGIOSO

CADERNO DE CRIATIVIDADE E ALEGRIA

Aluno: ....

Escola: .... Turma: ....

editora scipione

SUMÁRIO

Claudia Marianno/Arquivo da editora

JOGO DAS EMOÇÕES

1. Destaque as cartas do **Jogo das emoções**.
2. Vire as cartas com a imagem voltada para baixo e embaralhe-as.
3. Pegue uma carta e mencione uma situação em que aquela emoção foi percebida ou vivenciada em seu dia a dia.

Amor

Raiva

Cansaço

Alegria

Ilustrações: Claudia Marianno/Arquivo da editora

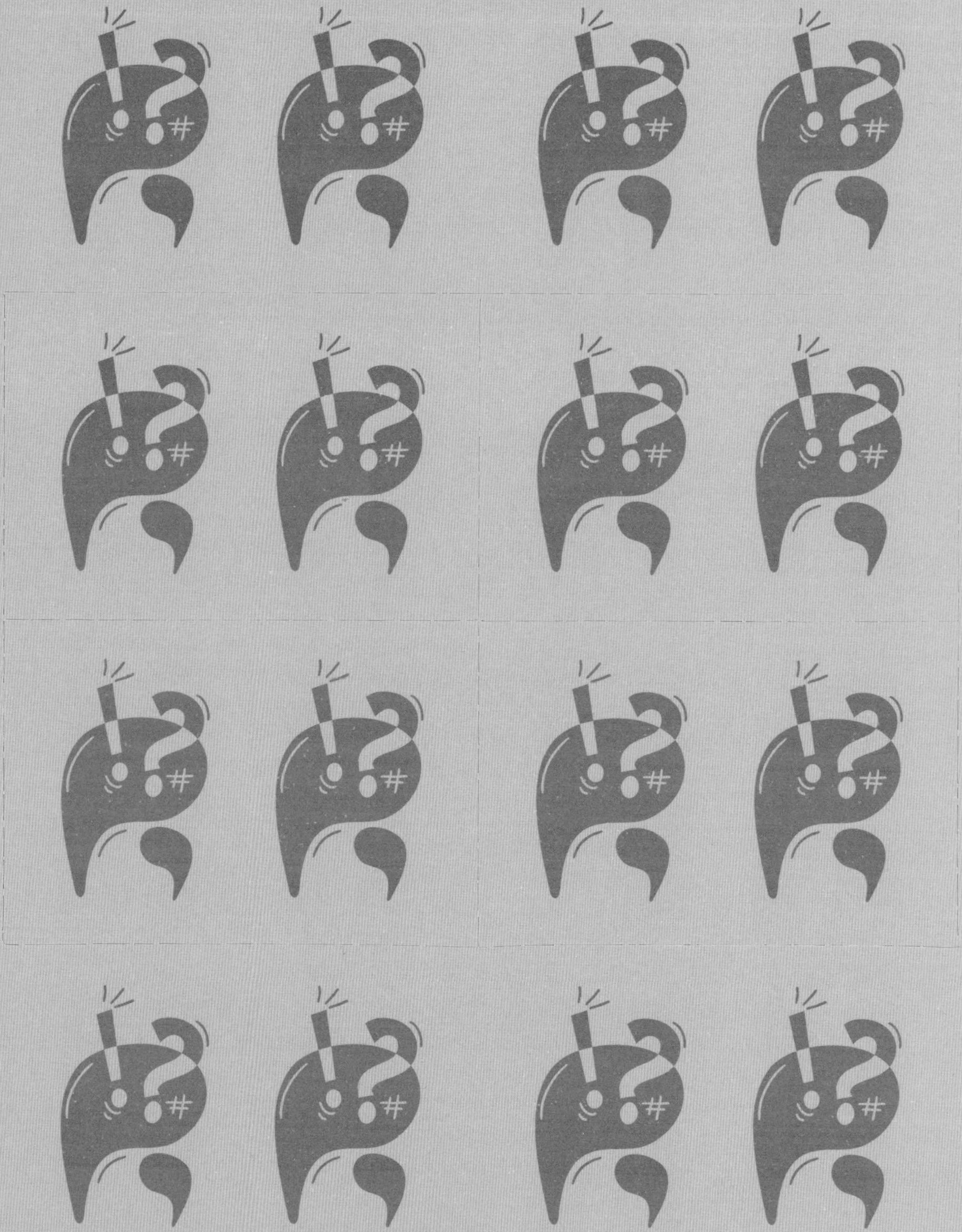

Vergonha

Nojo

Preocupação

Surpresa

Animação

Frustração

Orgulho

Aborrecimento

Ilustrações: Claudia Marianno/Arquivo da editora

Ilustrações: Claudia Marianno/Arquivo da editora

Decepção

Arrependimento

Tristeza

Susto

Medo

Culpa

UM CARTÃO ESPECIAL

Destaque o coração, pinte-o, monte um lindo cartão e escreva uma mensagem para presentear alguém que você ama.

Claudia Marianno/Arquivo da editora

DOBRE
DESTAQUE

O QUE É SAGRADO PARA MIM?

O que é sagrado para você? Desenhe ou cole imagens para representar o que é sagrado para você no espaço abaixo.

Claudia Marianno/Arquivo da editora

JOGO DE TABULEIRO: *SHISIMA*

Que tal reunir a família e os amigos para brincar com um jogo de tabuleiro de origem africana?

Destaque o tabuleiro e as peças; depois, siga as orientações para jogar.

Como jogar

1. Coloque as peças no tabuleiro, três de cada lado, deixando os três espaços centrais livres.

2. Cada jogador, na sua vez, vai mexer sua peça até o próximo espaço vazio. **Atenção:** não é permitido saltar sobre uma peça.

3. Ganha o jogo quem conseguir alinhar suas três peças em uma fileira.

4. Se a sequência de movimentos se repetir por três vezes consecutivas, o jogo termina empatado.

Claudia Marianno/Arquivo da editora

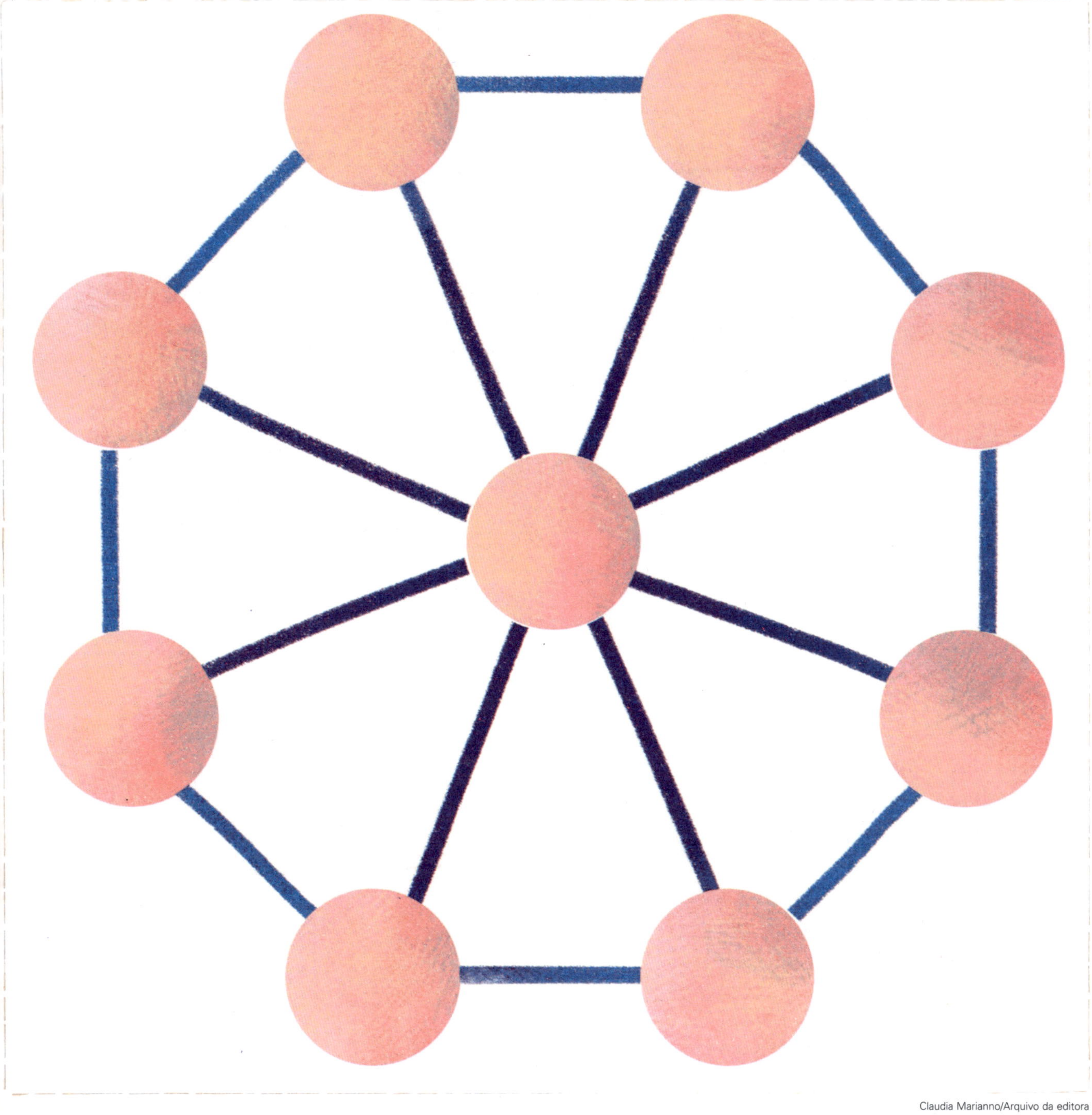

Claudia Marianno/Arquivo da editora